AF556532

Perlenbrauerei

Jenny Hval

Perlenbrauerei

Roman

Aus dem Norwegischen von
Rahel Schöppenthau und Anna Schiemangk

MÄRZ

Milch und Seide

Da, und nicht da.

Draußen vor dem Hostelfenster ist die Stadt von dickem Nebel bedeckt. Die Hafenstraße unter mir verschwindet in beide Richtungen ins Weiße und liegt dort unten wie eine kleine Brücke zwischen zwei Wolken. Ab und zu lichtet es sich etwas und ich kann die Umrisse einiger Inseln weiter draußen im Meer sehen. Im nächsten Augenblick sind sie wieder verschwunden. There, not there, there, not there, flüstere ich an die Scheibe und trommle mit den Fingern im Takt der Worte gegen das Glas, dunk, du-dunk, als ob ich einen neuen Herzrhythmus für meine neue Heimat schaffe.

So saß ich am ersten Morgen in Aybourne da, mit dem Oberkörper am Fensterrahmen und die Stirn gegen die Glasscheibe gepresst. Meine Schultern taten mir noch von den Trägern des Wanderrucksacks weh. Ich hatte ihn im Zug vom Flughafen nicht abgenommen, nur dagestanden und krampfhaft alle meine Sachen festgehalten, während fremde Haltestellen und Werbeplakate in grellen Farben vorbeiflimmerten. Der Rucksack hatte sich tiefer und tiefer in meine Schultern eingegraben während ich die Haltestellen bis Central Station herunterzählte und beobachtete, wie die Leute instinktiv im richtigen Moment am Türgriff zogen, um die Türen aufzubekommen. Ich hatte versucht mir die Technik genau einzuprägen, um beim Ausstieg nicht zu verraten, dass ich diesen Zug zum ersten Mal nahm – aber als wir am Hauptbahnhof ankamen, stellte ich mich an den Ausgang rechts und zog sinnlos am Türgriff. Eine ältere Dame tippte mir auf die Schulter, *The other side, love*, und ich schaffte es immerhin, mich rechtzeitig aus dem Zug zu stehlen. Dann stand ich eine Weile auf dem Bahnsteig während ein Strom Rush-Hour-Fahrgäste an mir vorbeieilte, so wie sich Flusswasser um einen kleinen Stein teilt.

Die ganze Reise war hart gewesen, zu viel Handgepäck, eine zu große Jacke, der widerlich süße Parfümgeruch im Tax-Free-Shop. Im Hostelzimmer spürte ich meinen Körper leichter werden, und ich stellte mir vor, dass der Nebel draußen auch mich verschluckte, auflöste. Die Überreste der Reise lagen um mich herum verstreut: Flugtickets und Werbebroschüren auf dem Tisch, ein englisches Modemagazin auf dem Bett, Salz- und Pfeffertütchen auf dem Boden. Das Echo der fremden Stimme, die über die Zuglautsprecher *doors closing* verkündet hatte, verklang im Geräusch der Autos draußen auf der Straße und dem Summen einer Fliege hinter der Gardine. Ich schloss die Augen. Das Fensterglas war kalt und trocken. Als ich aufstand, um zu duschen, hatte ich einen unförmigen Fettabdruck auf der Scheibe hinterlassen.

Das Gemeinschaftsbad lag auf der anderen Seite des Gangs. Es war ein schmuddeliger und farbloser Raum mit graugelber Tapete an den Wänden und einem dunklen Teppich auf dem Boden. Die Emaille der Badewanne war verblichen und stumpf. Ich wusch meine Hände und bemerkte, dass über dem Waschbecken kein Spiegel war, sondern nur ein dunkler, viereckiger Abdruck und eine rostige Schraube, wo der Rahmen einmal gehangen hatte. Ich fand den Spiegel auf dem Spülkasten hinter der Toilette wieder, als hätte ihn jemand dazu benutzt, sich beim Wichsen zu spiegeln. Jetzt spiegelten sich mein Bauch und meine Hüften darin, und ich blieb wie ein Mann aufrecht vor der Toilettenschüssel stehen, während ich mir die Hose aufknöpfte. Es fühlte sich fast seltsam an, dass ich keinen Schwanz hatte, den ich aus dem Hosenstall herausholen konnte. Als ich den Jeansstoff und meine Unterhose über die Oberschenkel herunterschob, sah das dunkle Dreieck aus Schamhaar seltsam leer aus, wie eine halbfertige Skizze. Ich drehte mich um, setzte mich auf der Toilettenschüssel zurecht, und blickte zwischen meinen Beinen hinunter, wo ein dünner Urinstrahl ins Klo lief. Das schmutzigweiße Porzellan wurde langsam mit Säuregelb bedeckt. Fast schade, die ganze Farbe runterzuspülen, dachte ich.

Danach setzte ich mich unten im Frühstückssaal an einen Ecktisch. Das Frühstück war fast vorbei und eine gelangweilte Servicekraft stapelte Behälter mit Aufschnitt in einen Kühlschrank. Um mich herum unterhielt sich eine Gruppe Golfspieler lautstark. Manche hatten bereits Schirmmützen an und tranken mit weißen Handschuhen ihren Kaffee aus Pappbechern. Lange, schwarze Golftaschen standen an die Wände gelehnt. Der Raum fühlte sich voll an. Der Kaffee schmeckte nach dem alten, verrauchten Teppich. Auf den Zuckerwürfeln in der Schale lag Staub.

Als ich auf die Straße kam, brach das Morgenlicht durch den Nebel und glitzerte auf den blanken Straßenbahnschienen. Ich folgte den Schienen bis zur nächsten Haltestelle und kickte mir meinen Weg durch platte Tetra Paks und fettiges Zeitungspapier. Die Schaufenster der Läden spiegelten eine unscharfe

Version meines Körpers, verpackt in unbekannte Werbeschilder und englische Wörter: *News Agency*, *Pharmacy*, *Milk Bar*. Als die Straßenbahn kam, hatte auch sie einen Namen, den ich nicht wiedererkannte, *Prestwick Hill*.

Der Wagen war halbvoll. Ein massiger, betrunkener Mann saß gut sichtbar auf dem hintersten Platz. Er wechselte zwischen Halbschlaf und diffusem Gebrabbel hin und her. Wenn er einschlief, rutschte er jedes Mal ein Stück weiter den Sitz herunter, und seine Hose glitt weiter und weiter die Hüften herab. Er trug keine Unterhose. Die anderen Fahrgäste taten so, als wäre nichts: Ein paar Jugendliche unterhielten sich gedämpft, ein Mädchen las angestrengt in einer Zeitung, andere starrten aus dem Fenster. Ich nahm meinen Reiseführer und blätterte ein wenig darin herum, schaffte es aber nicht, mich darauf zu konzentrieren. Wie alle anderen in der Straßenbahn sah ich nur den Mann und seine Hose. Ab und zu wurden kurze Blicke ausgetauscht, und als die Hose endlich über seine Hüften herab und bis auf die Oberschenkel rutschte, entstand eine plötzliche und unangenehme Gemeinschaft im Wagen, ein gemeinsames, schnell klopfendes Herz. Niemand schaute hin und gleichzeitig sahen es alle: das schlaffe, rötliche Geschlechtsteil, das aus seinem

Schritt heraushing wie eine keuchende Zunge. Unruhe breitete sich zwischen den Sitzen aus, unsere Körper begannen zu jucken und zu schwitzen. Ich sah mich um und traf überall auf flackernde Augen. Schließlich gingen zwei neu zugestiegene Männer zu dem Mann hinüber, halfen ihm, seine Hose wieder anzuziehen und warfen ihn beim nächsten Halt höflich aus dem Wagen. Ich sah ihn in eine Einkaufsstraße hineintaumeln und um sich herum ein Loch in die Menschenmenge reißen. Alle Fahrgäste im Wagen atmeten auf und konnten sich wieder sich selbst zuwenden, in ihre jeweiligen Sitzgruppen verschwinden. Ich war wieder allein.

Ich stieg im Zentrum an einem kleinen Park zwischen großen Bürogebäuden aus. Der Nebel hatte sich endlich gelichtet. Kräftige Wolken zogen über meinem Kopf dahin, viel höher und schneller als die Wolken zu Hause, dachte ich, als läge Aybourne in einer Senke tief in der Erde. Ich hatte keinen konkreten Plan und keine Karte, deshalb setzte ich mich in ein Café und bestellte das, was sich wahrscheinlich am leichtesten aussprechen ließ. Als mein Tee an den Tisch gebracht wurde, sah ich, dass Milch in der Tasse war, obwohl ich nicht darum gebeten hatte. Der Tee war ganz weiß, aber ich sagte nichts. Auf der Straße begann ein Herbstregen. Zwischen

Geschäftsleuten mit Regenschirmen oder Zeitungen über dem Kopf wurde der Asphalt gesprenkelt, dunkelgrau und dann schwarz und glänzend wie Schneckenhaut. Ich zog die Füße auf den Stuhl, als würde ich in einem kleinen Rettungsboot sitzen, und trank den weißen Tee. Zwischendurch versuchte ich eine englische Zeitung zu lesen, aber es war zu anstrengend. Also sah ich mir die Bilder an und lauschte dem Regen durch die offene Tür, lauschte den Füßen und Regenmantelstoffen, die über Haut und Baumwolle raschelten, wenn sich jemand setzte, den fremden, schweren Münzen, die auf den Tresen klirrten und den Tassen, die gegen Untertassen klapperten.

Als ich an diesem Nachmittag zurück ins Hostel kam, stand ein großes asiatisches Mädchen an der Rezeption. Sie sah verwirrt aus. Die Rezeptionistin versuchte ihr zu erklären, wie sie einzuchecken hatte.

»You need to sign your name here, please«, seufzte sie, aber das Mädchen sah nicht so aus, als würde sie verstehen.

»But I have room, yes ... from the university«, sagte sie. Ein Junge mit Anzug und amerikanischem Akzent versuchte zu helfen, aber das Mädchen begriff auch nicht, was er sagte, und sie sah angestrengt hinunter auf den Tresen. Ich schlich an ihnen vorbei, froh, andere Austauschstudenten zu sehen. Im Gemeinschaftsraum in der zweiten Etage grüßte ich ein paar Leute: zwei Mädchen aus Vancouver, die Karten spielten, und ein Geschwisterpaar aus Madagaskar, das abwechselnd telefonierte. Später in der Nacht hörte ich sie laut auf Französisch streiten, und als eine der beiden eine Tür zuknallte, knackte der Fußboden. Aus dem matten, graublauen Teppich stieg ein Stoß schweren Staubs in die Luft des Dachbodenzimmers auf.

Die ganze Nacht hatte ein wütender Meereswind durch die Ritzen meines Fensters geblasen und ich erwachte am nächsten Morgen mit dem Gefühl, dass die Kälte in mich eingesunken war, die Knochen in Holz und die Haut in Späne verwandelt hatte, wie bei Pinocchio. Als ich mich streckte, knackte es in meinen Schultern wie in den Holzwänden und im Fensterrahmen, und ich zog mir mehrere Schichten dicke Kleidung an, bevor ich zum Frühstück nach unten ging.

Das Essen im Frühstückssaal war glatt und flüssig: seidenweiche, weiße Brotscheiben, die sich wie Zuckerwatte im Mund auflösten. Zähe, geleeartige Marmelade ohne Kerne und mit einem unbestimmbaren Beerengeschmack. Butter und cremige Erdnussbutter, Honig und Milch, Marmite und Ketchup. Weicher Puffreis und schlabbrige Spiegeleier. Von zu Hause hatte ich alles als körnig in Erinnerung: Vollkornbrot mit harter Rinde und grober Leberwurst, das Gefühl von Korn und Fasern, die mit schwarzem Tee heruntergespült werden und wie feuchte Kiesel den Hals herunterrutschen. Hier knirschte nur der Zucker, wenn ich kaute. Ich saß und steckte immer wieder den Finger in die Zuckerschale, zerknackte Korn um Korn zwischen meinen Zähnen.

Die Austauschstudenten wirkten genauso glatt und schimmernd. May, das asiatische Mädchen, hatte glänzendes, dickes Haar, der amerikanische Junge David trug ein frisch gebügeltes Hemd, das schön unter den Hosenbund gesteckt war, und die kanadischen Mädchen Ella und Lauren lächelten mit geraden, weißen Zähnen. Sie saßen zusammen und sprachen mit langsamen, höflichen Stimmen über Reiseerlebnisse, das Wetter und ihre jeweiligen Städte:

»Wir haben Thailand gemacht, Malaysia, Vietnam, *so pretty*, Indonesien, Bali, *awesome*, und bald wollen wir nach Südamerika ...«

Ich hatte sie kaum wiedererkannt, als ich in den Frühstückssaal gekommen war, als wären ihre Gesichter zusammen mit den Tellern über Nacht abgewaschen worden, die Augen und Lippen von Honigflecken und Krümeln befreit.

May und ich unterhielten uns ein wenig, nachdem die anderen zum Shoppen losgezogen waren. Ihr Händedruck war wässrig und ihre Haut erschien mir so glatt wie die Erdnussbutter auf der Weißbrotscheibe vor mir. Wie sich herausstellte, kam sie aus China. Sie hatte sich einen gewaltigen Teller Coco Pops, eine große Tasse Kakao, ein Glas Milch und etwas Brot mit an ihren Platz genommen.

»Europäisches Essen«, sagte sie und lächelte, während sie mit einem Esslöffel einen Riesenklecks Butter aus der Schale fischte und ihn ungleichmäßig auf der Brotscheibe verteilte. »Ich liebe Milch«, fuhr sie fort.

Ich lächelte zurück und steckte mein Messer in ein Gefäß mit Erdnussbutter.

»Du magst …«, May rang ein wenig damit, das richtige Wort zu finden, »… Club?«

»Club?«

»Tanzen …« Sie schlürfte ihren Kakao.

»Ah, feiern«, sagte ich. »Ich geh nicht so oft weg.«

»Oh, aha. Ich mag.«

»Ja? Gehst du zu Hause oft aus?«

»Ja, ich und Freunde. Tanzen, singen …« May versuchte, den Löffel in ein kleines Päckchen Marmelade hineinzubekommen, doch der Löffel war einfach zu groß dafür.

»Mit einem Messer ist es einfacher«, sagte ich.

»Oh«, sagte sie und wurde rot.

In der Rezeption waren große Papierumschläge von der Universität für jeden von uns angekommen, mit einem Willkommensbrief, einem Campusplan und Informationen über verschiedene Ausflüge und Veranstaltungen in und außerhalb von Aybourne. Die Veranstaltungen hatten lustige Titel: *You talkin‘ to me?* war ein Kurs für umgangssprachliches Englisch, und *Fish'n'chippin' Aybourne* war eine Angeltour. Die allererste Veranstaltung hieß *Tackle the Town*. Ich hatte mir die Beschreibung noch nicht angeschaut, aber die anderen Studenten im Hostel wirkten so begeistert, dass ich mitging. Wir wurden von Alice, einer amerikanischen Dame aus dem Austauschbüro, abgeholt und nahmen die Straßenbahn zu einem sehr großen Stadion, wo wir ein Rugbyspiel zwischen zwei lokalen Mannschaften sehen konnten. Alice zeigte uns unsere Plätze und informierte uns über ein paar Dinge: »Here you see the Aybourne Dragons' supporters with their green and white scarves, and of course an Aybrew ale, that's our local beer ...« Und die Studenten strömten zum Kiosk, wo wir uns unsere eigenen Aybrews und kleine Pasteten holten. Die Pastete lag lauwarm und kompakt in meiner Hand. Sie ähnelte einem vergrößerten, gelben Kronkorken.

»Was ist in der Pastete drin?«, fragte ich Lauren, eine der Kanadierinnen.

»Nieren und braune Soße«, erwiderte sie.

Ich legte die kleine Niere vorsichtig auf einen leeren Platz. Wir gingen zurück zu unseren Plätzen und versuchten herauszufinden, welche Mannschaft im Spiel vorne lag.

»Das ist was anderes als Eishockey«, feixte Lauren. Sie sah auf den Platz hinunter. »Guckt euch die kurzen Shorts an! Fast nackt, yummy!«

May lächelte neben mir. Ich dachte an den Mann in der Straßenbahn und wollte ihr davon erzählen, aber ich wusste nicht, welches Wort ich benutzen sollte, *penis*, *dick*, *cock*? Auf dem Rasen warfen sich Männer auf andere Männer und Alice wedelte mit den Armen und rief Sachen wie: »And here you see a maul … a maul is …« Jedes Mal, wenn jemand ein Knie in den Schritt oder einen Fuß vor die Brust bekam, lief ein Schaudern durch die Menge, ich fühlte es durch meinen eigenen Körper fahren, und spürte, wie es uns einen Augenblick lang vom Boden hochhob, bevor wir langsam wieder auf unsere Plätze zurücksanken.

Nach dem Spiel lagen leere Aybrew-Flaschen und Servietten, Schokoladenpapier und Pappteller auf den Tribünen und draußen auf den Straßen. Im Zentrum waren die Läden geschlossen und die Restaurants leer. Die Studentengruppe zerstreute sich: Alice nahm ihre Straßenbahn zum Strand, Ella und Lauren zogen in eine Sportbar weiter, May ging los, um die chinesische Studentenvereinigung zu treffen, und ich setzte mir Kopfhörer auf und stapfte allein zurück zum Hostel. Ich hatte das Bedürfnis nach etwas Vertrautem in den fremden, dunklen Straßen, etwas aus Norwegen, also machte ich Kings of Convenience an. Sie sangen zweistimmig in meinen Ohren, eine Stimme für jede der Straßenbahnschienen, die in der Dunkelheit neben mir glänzten:

> Parallel lines

sangen sie sacht, während ich mich dem Hostel am Hafen näherte,

> move so fast,
> toward the same point,
> infinity is as near as it is far.

Und ich lief meinem Dachbodenzimmer entgegen; ich bekam das Gefühl, die Wände des Dachbodens kämen immer näher, senkten sich um mich herum und sperrten die Welt aus, so wie die Musik mich von den Geräuschen der Autos, dem Wind und meinen eigenen Schritten trennte.

Mitten in der Nacht hörte ich May draußen im Gang telefonieren. Die Klänge ihrer unverständlichen Sprache blubberten, als ob sie zugleich aus ihrem Mund kamen und wieder dorthin verschwanden. Im Halbschlaf sah ich die Worte als Zeilen aus Messern und Löffeln vor mir. Nachdem sie aufgelegt hatte, hörte ich ihre Füße ins Badezimmer schlurfen. Dort zog sie die Pyjamahose herunter und setzte sich auf die Klobrille. Der Urin begann in die Porzellanschüssel zu rieseln. Im Dunkeln dachte ich, dass es ein bisschen dickflüssig klang, als würde warme Milch aus ihr herauslaufen.

Die Kiste

Am nächsten Tag war das Wetter aufgeklart und da ich nicht mit den anderen zu *You talkin' to me?* gehen wollte, lief ich allein durch Aybourne. Ich stapfte an weiß gemauerten Gebäuden und Werbeplakaten für Autos, Diätjoghurts und Energydrinks die Straßenbahnschienen entlang. Das Meer folgte mir auf der einen Seite. Die Inseln, die ich am Vortag gerade so hatte sehen können, blinkten in der Sonne.

Zuerst versuchte ich, zum Stadtrand zu kommen, doch egal in welche Richtung ich ging, es lief darauf hinaus, dass ich umkehren musste. Die Endhaltestelle einer der Straßenbahnlinien lag an einer Umgehungsstraße, zu der parallel ein elektrischer Schafszaun verlief, und ich kam nicht weiter. In die andere Richtung kam ich an einen Golfplatz, der sich von den letzten Straßen der Stadt direkt bis an den Strand hinunter erstreckte, doch zwischen der Stadt und dem Golfplatz verlief der breite South Gate Freeway und ich fand weder Brücken noch Unterführungen zur anderen Seite. Zum Schluss ging ich über die Hügel in Richtung der Berge, was in einem Aussichtspunkt, einem Wendeplatz und einem Mülleimer endete. Dahinter kam nichts mehr. Aybourne lag unter mir, in alle Richtungen abgeriegelt wie eine Kiste ohne Deckel.

Ich beschloss, stattdessen zu versuchen die Universität zu finden, und zurück im Zentrum holte ich die eingerissene Karte hervor, die ich im Frühstückssaal des Hostels gefunden hatte. Die Karte färbte auf meine Finger ab, als würde sie schmelzen. Meine Fingerspitzen wurden mit Abdrücken von Straßen und Parks dekoriert. Nach einer Weile hatte ich völlig die Orientierung verloren und wurde unsicher, ob ich vielleicht eine alte Karte in den Händen hielt, oder sogar die Karte einer falschen Stadt. Ich stellte mir vor, dass unbekannte Straßen und Gebäude jederzeit überall um mich herum auftauchen konnten.

Als ich zum dritten Mal dachte, dass ich jetzt den Campus erreicht hatte, sah ich ein, dass ich diejenige war, mit der etwas nicht stimmte, und nicht die Karte. Ich war nicht im Universitätsbezirk, sondern auf dem Weg in eine zugewucherte Gartenanlage. Sie lag bei einem gigantischen, grauen Steingebäude mit Arkaden vor dem Eingangsbereich und einem spitzen, viktorianischen Glockenturm. Das Gebäude muss das Rathaus sein, dachte ich mit dem Finger auf der Karte, denn es sollte vor dem Campus liegen.

Und ich konnte eine vage, alte Gravur auf der dunklen Wand erahnen: *City Hall*. Ein schmaler Pfad wand sich durch den Garten zu den Arkaden, und als ich ihm folgte, erhaschte ich einen Blick auf eine alte Sonnenuhr im hohen Gras. Sie war einen guten Meter hoch, wie ein Rednerpult, und aus Schmiedeeisen mit Verzierungen am Fuß. Ich beugte mich über die Sonnenuhr, um zu sehen, ob sie die Zeit anzeigte, doch der lange, dunkle Schatten des Glockenturms fiel darüber und das Ziffernblatt blieb leer wie ein gesichtsloser Kopf.

Unter den Arkaden tauchte jemand auf, der mir zuwinkte, und ich erkannte die kanadischen Mädchen. Ich winkte zurück und ging zu ihnen.

»Wir gehen abendessen, willst du mitkommen?«, fragte Lauren.

Ich nickte, froh, nicht weiter allein zu sein.

Im Café bestellte ich wieder das, was am leichtesten auszusprechen schien.

»Du sprichst echt gut Englisch«, sagte Lauren. »Besser als wir!« Die beiden lachten, und sie fuhr fort: »Hast du mal in England gewohnt?«

»Nein, aber wir lernen es früh in der Schule.«

Lauren und Ella plauderten weiter über den gestrigen Abend mit großen Stücken Hamburger im Mund. Sie sprachen schnell; über Ausflüge, an denen sie teilnehmen wollten, und darüber, dass es zu wenig Sport und zu viel Wind in Aybourne gab.

»Hast du schon eine Unterkunft gefunden?«, fragte Ella.

»Nein.«

»Wir gehen morgen zu Besichtigungen, du kannst dir unsere Zeitung ausleihen, wenn du willst«, sagte sie und reichte mir einen *classifieds*-Teil voller Kaffeeflecken und Durchstreichungen.

Alle Studenten im Hostel waren damit beschäftigt, eine feste Unterkunft für sich zu finden, und die nächsten drei Tage verbrachte ich in und vor Telefonzellen, mit Verabredungen und einer Menge WG-Besuche. Die meisten befanden sich in Wohnblöcken oder großen, zweistöckigen Reihenhäusern etwas außerhalb des Zentrums und wurden von neurotischen Studenten und Hippies mit Grasplantagen im Hinterhof bewohnt. Die Kanadierinnen und ich trafen immer wieder in verschiedenen Wohnungen aufeinander. Sie waren selbstbewusst und gebräunt und brachten die Mieter zum Lachen. Neben ihnen fühlte ich mich ernst und blass, *the serious Norwegian*, witzelte Lauren, und ich ging wie ein Gespenst durch die Räume eines Hauses nach dem anderen, während die Besichtigungen sich in meinem Kopf zu einem endlosen Strang von Gesichtern, Fluren und kleinen, unmöblierten Zimmern mit Stuckornamenten um die Deckenlampe herum verflochten.

In einem der großen Reihenhäuser wohnte eine Truppe Kunststudenten, die am Tag der Besichtigung eine Party veranstalteten. Ein Junge mit strubbeligem Haar und Lederjacke deklamierte Beat-Gedichte für uns draußen auf der Veranda, ein anderer servierte lauwarmen Punsch und unten in der Küche spielte ein Mädchen Gitarre und sang mit wackeliger Stimme Ani DiFranco:

i am writing
grafitti on your body
i am drawing the story
of how hard we tried

Sie hatte ein Handtuch auf dem Kopf und unrasierte Beine.

»Bist du vegan?«, fragte sie mich, nachdem sie zu Ende gespielt hatte.

Ich schüttelte den Kopf.

»Also, es macht nichts, wenn du es nicht bist. Aber du solltest es ausprobieren.«

Ich nickte. Das Handtuchmädchen zuckte mit den Schultern und fing ein neues Lied an.

Zwischen meinen Gesprächen saß ich auf Parkbänken herum, zusammen mit Obdachlosen, die Portwein aus billigen Zweiliterflaschen tranken und darauf warteten, dass die Zeit verging. Die wollten nicht wissen, ob ich Möbel hatte oder wie alt ich war oder warum ich gut Englisch sprach.

»Du bist jung, du«, sagte eine ältere Dame, die sich neben mich gesetzt hatte. Das war alles. Sie öffnete eine Dose Vodka Raspberry und sah mich nicht wieder an. Ihr Augen-Make-up lief die Wange hinunter.

Die Besichtigungen gingen weiter. Ich hinterließ meinen Namen und die Telefonnummer des Hostels in einem Haus nach dem anderen, wie ein Rüde, der die Pfosten an einer Straße markiert. Die meisten sagten, sie würden anrufen, wenn sie eine Entscheidung getroffen hatten. In meinem Notizbuch notierte ich mir Namen und Adressen, damit ich mich erinnern konnte, wer da anrief. Aber niemand rief mich an, und nach vier Tagen endloser Suche war ich immer noch wohnungslos. Auf dem Heimweg stieg ich ohne nachzudenken in die Bahn und bemerkte erst nach ein paar Haltestellen, dass ich wegen des Linksverkehrs in die falsche Richtung fuhr. Ich stieg an einer menschenleeren Hauptstraße aus und lief gerade den Weg zurück, als ich eine tiefe Stimme aus einem vorbeifahrenden Auto rufen hörte:

und dann heizte er weiter, so dass das TCH im Echo des Motors verschwand. Ich fühlte meine Wangen brennen und zog meine Jacke enger um mich.

Als ich endlich zurück zum Hostel kam, war ich erschöpft und ausgekühlt und fest entschlossen, mit niemandem zu reden, doch die Rezeptionistin hielt mich in der Tür auf:

»Jemand hat für dich angerufen und diese Nachricht hinterlassen.«

Sie reichte mir einen gelben, zusammengefalteten Zettel. Ich bedankte mich und faltete das Papier auseinander, gespannt, ob ich mir ein Zimmer organisiert hatte, doch es war nur eine nette Absage von dem Mädchen mit dem Kopfhandtuch:

> Dear Jo, the room in 21 Primrose St is now taken. We chose two Canadian girls. Thanks for coming.

Die Schatten

In meiner Erinnerung verlief mein erster Tag an der Universität so: Mein Schatten gleitet zwischen großen Steintreppen, Bänken und Springbrunnen hindurch. Überall stehen Gruppen von Studenten, die einander schon kennen. Sie unterhalten sich laut und schnell und zeigen sich gegenseitig Bücher und Stundenpläne. Inmitten dieser Geräusche klingen die Schritte meiner Stiefel gedämpft.

Auf dem Campus sperrten hohe Ziegelbauten den Rest der Stadt aus. Manche hatten spitze Türme auf dem Dach, die dem Glockenturm des Rathausgebäudes ähnelten. Auf einem großen Rasen vor der Bibliothek hatten Studentenvereinigungen Stände und farbenfrohe Banner aufgestellt. *Join the Christian Student Organisation* stand auf einem davon in schnörkeliger Schrift. *University of Aybourne Queer Society* stand in kräftigen Regenbogenfarben auf ein anderes gemalt.

»Es ist *no diet day*«, rief mir ein Mädchen zu, vor dem Hauptgebäude des Biologischen Instituts, Earth Sciences. Sie hatte Dreads und ein T-Shirt mit Regenbogenmuster.

»Entschuldigung?«

»No diet day«, wiederholte sie. »Heute feiern wir Fett!« Und sie reichte mir einen dicken Schokoladenmuffin von einem Plastikteller.

No diet day, wiederholte ich für mich selbst. Und während ich in das Earth-Sciences-Gebäude hineinging, wiederholte ich fortlaufend Teile von Gesprächen, die ich um mich herum hörte, bis ich direkt vor der Tür zum Vorlesungssaal war.

Dieser war ein riesiges Auditorium, rappelvoll mit Studenten. Ich ging zwischen den Bankreihen auf Jagd nach einem freien Platz. Die Reihen fielen steil zum Vorlesungspult ganz unten ab und in der zweitvordersten Reihe gab es endlich jemanden, der hineinrutschte, um mir Platz zu machen. Hinter mir hörte ich das Rascheln von Papier: Hunderte Studenten blätterten durch die Informationsbögen zur *New Bachelor of Science Students 2001 – Welcome Session*. Dann wurde ein Professor vorgestellt und er begann, über die Universitätsregeln, den Bachelorabschluss und das Biologiestudium zu sprechen. Ich schrieb neue, magische Wörter in mein Notizbuch: *Tutorial, prerequisite, curriculum, research thesis*. Danach notierte ich mir einige Fachbegriffe: *Cell theory, homeostasis, endothermic*. Und im Mund wiederholte ich lautlos die neuen Worte, die ich hörte, saugte jeden einzelnen Fachbegriff, den ich erkannte oder fast wiedererkannte, auf.

Im Laufe des Informationstages wurde mir allmählich klar, wie unvorbereitet ich darauf war, Englisch zu hören und zu sprechen. Im Seminar nach der *Welcome Session* wurden wir in kleine Gruppen aufgeteilt und sollten uns einander vorstellen, und während ich darauf wartete an die Reihe zu kommen, fiel mir auf, dass fast alle Studenten die Stimme bei der letzten Silbe hoben, und zwar in jedem einzelnen Satz. Alles, was sie sagten, wurde als Frage ausgesprochen: My name is Alistair? Oder I'm Catrìona? From Aybourne South? Es klang, als ob sie nicht wüssten, wie sie hießen oder wo sie wohnten. Als ich dran war, war meine Stimme steif und rostig. Ich erzählte in schnellen Stößen wie ich hieß und woher ich kam, doch jede Pause wurde zu lang und die Silben waren zu kurz. Die Sprache kratzte in meinem Hals. Die Worte waren falsch: *Norway* war ein Land, in dem ich noch nie gewesen war, und es fühlte sich wie eine Lüge an, als ich meinen Namen als *Dschouänna* aussprach. Und schon vor Johanna, als ich *Hello, my name is* sagte, konnte ich nicht anders als an andere Namen zu denken, aus Popsongs oder Filmen: *My name is Luka*, sang ich für mich, *my name is Jonas*, gluckste es hinter meiner Zunge, als ich sagte *Dschouännna, Dschou*. Als ich fertig war, war ich fast sicher, dass ich etwas anderes gesagt hatte, einen anderen Namen, etwas Falsches. Ich wusste plötzlich nichts mehr über mich, nichts schien auf Englisch zu stimmen, nichts war wahr.

Es gab nur eine andere Erstsemesterstudentin an der Faculty of Science, die nicht aus der Gegend war. Sie war Deutsche, und als sie sich als *Fran-ziska-from-Ham-burg* vorstellte, erkannte ich denselben steifen Tonfall, der in meinem Hals raspelte. Doch ihre Stimme hatte einen tiefen Klang, der sicherer war als meiner. Er klang ruhig und schockierend ernst im Vergleich zum leichten Fragetonfall der anderen Studenten. Franziska und ich gingen zusammen aus dem Seminar. Wir waren beide ein paar Jahre älter als die meisten Studenten, und sie schien froh zu sein, jemanden von woanders zu treffen.

»Wo wohnst du?«, fragte ich.

»Ich wohne unten am South Beach, zusammen mit meinem Bruder. Er wohnt hier seit ein paar Jahren, ich hatte also Glück. Wo wohnst du?«

»Ich suche.«

»Warst du bei vielen Besichtigungen?«

»Ja, aber bisher gibt es keinen, der mich haben will.«

»Die meisten wollen wohl jemanden haben, den sie kennen, oder der nicht einfach abhauen kann. Zurück in ein anderes Land, du weißt schon. Das sagt jedenfalls mein Bruder. Aber es gibt hier eine Stelle mit Anzeigen auf dem Campus. Ich kann sie dir zeigen, bevor ich gehe.«

Es war schon spät. Die meisten Studenten waren nach Hause gegangen. Die Anzeigen hingen im Fenster eines Cafés etwas abseits auf dem Campus. Eine Menge handgeschriebene Zettel bildeten eine Stadt aus viereckigen Papierstücken und boten verlassene Wohnungen, staubige Schlafzimmer und alte Autos an. Einige davon hatten bunte Zeichnungen von süßen Katzen oder feierliche Erklärungen, warum sie einen neuen Mitbewohner brauchten. *Are you our dancing queen?* stand auf einem Zettel mitten im Fenster, und *Desperately seeking YOU! (If you love cats)* stand auf einem anderen.

Ein Zettel stach heraus, am Rand der Sammlung. Er hatte keine Zeichnungen, Wortspiele oder Muster:

ROOM AVAILABLE IN LARGE W. HOUSE
SHARE WITH 1 F.
.QUIET.

gefolgt von einer Adresse und einer Telefonnummer. Das Wort QUIET kam ungewöhnlich abrupt. Ich mochte es, auf beiden Seiten eingeschlossen von Punkten. Stille passte für mich. Ich konnte das andere Mädchen nicht vor mir sehen, nur große Räume, unmöbliert und unbewohnt. Und als ich von der Telefonzelle an der City Hall anrief, hatte das Mädchen auch keine Stimme, nur eine Maschinenstimme von der Telefongesellschaft antwortete mir:

> You have reached the answering machine of … Car-ral … John-ston. Please leave a message after the tone, or hang up.

Während ich der Maschinenstimme zuhörte, sah ich einen Typen durch den Rathausgarten gehen, vorbei an der Sonnenuhr und auf die Telefonzelle zu, in der ich stand. Er war extrem dünn und hatte eine viel zu große Allwetterjacke an, die lose um den Oberkörper hing. Ich ging aus der Telefonzelle heraus und begann gerade die Straße zu überqueren, als ich plötzlich sah, wie er sich mir zuwandte. Er sah mich einen Augenblick lang an, bevor er seine Hände hob und den Zeigefinger in ein Loch steckte, das er mit den Fingern der anderen Hand geformt hatte.

»How much?«, fragte er, während er den Finger in das Loch hinein und wieder hinaus bewegte. Ich spürte, wie mir heiß und kalt zugleich wurde, und ich drehte mich um und ging in die andere Richtung, während ich den Typen hinter mir lachen hörte. Dann hörte ich ein anderes Geräusch: den Klang von Erbrechen. Als ich um die Ecke ging, sah ich, dass er dastand und sich in einen Mülleimer übergab. Danach ging er weiter weg zu einer Bank und saß dort, ruhig und grinsend, während er sich den Mund trocken wischte.

Ich sehe meinen eigenen Körper vor mir an diesem Nachmittag unter den Arkaden der City Hall: Immer mehr Menschen schieben sich zwischen mich und den Typen, immer mehr Häuser, die zu immer mehr Häuserblocks werden, immer mehr Lieder auf dem Minidiscplayer. Es hilft nicht: In mir drin steckt der Typ weiter seinen Zeigefinger in das Loch in seiner Hand, langsam aber bestimmt, als ob er ihn in meinen Körper hineinsteckt, und dann erbricht er sich wieder. Ich schaffe es nicht, den Finger loszuwerden, das Geräusch, das Bild. Als ob ich der Hals bin, der ihn zum Kotzen bringt. Und noch lange nachdem ich wieder in meinem Hostelzimmer angekommen bin, sehe ich ihn hinter meinen geschlossenen Augenlidern, wie er dort an der City Hall steht und kleiner und kleiner wird, sich immer und immer wieder entleert.

Die Wohnung

Ein Stück außerhalb des Zentrums, am Fuß der Berge im Osten, liegt der Stadtteil Hawthorn mit den alten Fabriken. Ich habe die Gebäude auf meinen Wanderungen gesehen und sie haben mit quadratischen, matten Fenstern zurückgeblickt. Tagsüber hatte die Gegend unbewohnt und unterkühlt gewirkt, still wie eine Fotografie, doch als ich aus der Straßenbahn stieg, sah ich hinter den Fensterscheiben Lichter und Schatten und hörte Musik. Hinter mir wetzte die Bahn ihre Räder an den Schienen und heulte zur nächsten Haltestelle davon. Ich bog in eine Allee ein, die von roten Backsteinhäusern gesäumt war. Die Allee führte auf ein riesiges, altes Silo mit acht zylindrischen Armen zu, die sich dem Himmel entgegenstreckten und einem Satz gigantischer Orgelpfeifen glichen. Zwischen den Backsteinhäusern fiel mein Blick auf eine kleine Seitenstraße. Dort wollte ich hin.

Die Seitenstraße hatte keinerlei Beleuchtung und der alte Asphalt war voller Risse. Nasses Unkraut kroch daraus hervor und wurde unter meinen Schuhsohlen zerdrückt. Ich hielt vor einem großen, viereckigen

Fabrikgebäude mit flimmerndem Lichtschein aus einem kleinen Fenster fast ganz oben unter dem Dach. Der Rest der Wand war dunkel und glatt. Als ich an die Tür klopfte, lag das ganze Haus wie eine schwarze, stille Wasseroberfläche unter meiner Hand. Das Klopfen wirkte unnatürlich laut in der stillen Straße. Die Echos breiteten sich leise aus und gingen in das Geräusch der Straßenbahnschienen und der Autos, die in einem Parkhaus ein Stück weiter weg herumfuhren, über. Dann war es wieder still. Keine dumpfen Schritte oder Stimmen waren aus dem Inneren des Hauses zu hören. Ich klopfte noch einmal, etwas kräftiger. Dieses Mal begann das Licht in dem Fenster unter dem Dach zu flackern, aber nach wie vor war kein Laut zu hören. Vielleicht fand Carral Johnston, dass es zu spät für Besuch war, oder vielleicht hatte sie bereits einen Mitbewohner gefunden. Ich war gerade dabei, die Strecke zurück zum Hostel zu planen, als sich die Tür plötzlich öffnete.

Drinnen war die alte Fabrikhalle zu einer Wohnung umgebaut, mit dünnen Trennwänden aus Spanplatten, die gerade einmal halb so hoch waren wie die Decke. Die Zimmer dahinter erinnerten eher an Verschläge als an Zimmer. Carral Johnston führte mich durch das Spanplattenlabyrinth. Sie war ein schmächtiges Mädchen einige Jahre älter als ich, in einem engen, hellgelben Wollpulli, der fast in ihre helle, gelblich-weiße Haut überging. Hinter ihr hing ein Pferdeschwanz gelbblonder Locken, der über ihre Schultern und ihrem Rücken vor- und zurückwippte, während sie mit lautlosen, langen Schritten über den Holzboden ging. Meine Stiefel trampelten hinter ihr her. Auch hier drin hatte ich den Eindruck, unnatürlich laute Geräusche zu machen, die sich in das Blechdach über uns legten und vor sich hin summten.

Schließlich kamen wir am Küchentisch in der Mitte des Gebäudes an, und die gelbe Carral Johnston legte die Füße auf den Stuhl neben sich. Während sie ein wenig über sich erzählte – dass sie aus Brighton war, dass sie hier seit drei Jahren lebte, dass sie als Sekretärin in einem Büro arbeitete – saß ich da und betrachtete ihre Füße durch den Dampf der Teetasse. Ihre Zehen krümmten sich über einem kleinen Heizlüfter und die stark gestreckten Spanne ließen die Bewegung wie eine Ballettübung aussehen. Unten in meinen Stiefeln begannen sich meine eigenen Füße anzuspannen, als ob sie versuchten, ihre Bewegungen zu kopieren.

»Also, Jo, was meinst du?«, fragte sie lächelnd und fuhr fort, ohne auf eine Antwort zu warten: »Wir haben hier eine Waschmaschine, TV, Matratzen, alles, was wir brauchen. Plus eine ordentliche Portion *weirdness*. Es ist halt eine alte Fabrik. Als ich hier hergekommen bin, fand ich es ein bisschen gruselig.«

Ich nickte und fragte mich, ob ich schon Teil dieses Wirs war, obwohl ich nie zuvor in ihrer Wohnung gewesen war.

»Aber es ist nicht gruselig, nur anders«, fuhr sie fort und lehnte sich vor, zu mir. »Das Haus lebt sein eigenes Leben. Man freundet sich damit an. Entschuldige mich einen Moment.«

Carral setzte die gebeugten Beine auf den Boden, stand auf und ging zur Badtür. In dem Moment, da sie außer Sicht war, schien es, als ob der Rest des Hauses übernahm und sich zu bewegen begann: Die Bodendielen knirschten gegeneinander, die Spanplatten schwankten wie lange Grashalme. Der Thermostat klickte und schaltete sich ein und aus, unsicher, ob es warm genug im Raum war. Das Draußen raschelte gegen die Fenster. Aus dem Bad hörte ich das Geräusch von Jeansstoff, der über Haut gezogen wurde, das Geräusch von Haut, die sich auf Keramik zurechtsetzte, und zum Schluss einen tröpfelnden, stärker werdenden und schließlich entspannten Wasserstrahl.

»Es ist ganz schön hellhörig hier.«

Ihre Stimme, in Echo eingehüllt, kam von allen Seiten, als ob sie aus den Dielen, dem Heizlüfter, der Küchenuhr sprach.

Der Strahl lief weiter.

»Zum Glück bin ich ziemlich ruhig.«

Jetzt waren es nur noch einige Tropfen, Pause, und zum Schluss Papier, das zusammengeknüllt und über Haut gestreift wurde.

»Paper thin walls«, sagte Carral und kicherte ein bisschen, doch das Geräusch der Spülung verschluckte das Lachen. »Wie ich sagte, so ist es hier halt.« Sie öffnete die Tür wieder, kam zurück zu ihrem Stuhl, und legte die Beine zurück über den Lüfter. Der Tee hatte aufgehört zu dampfen. Sie legte ihre Hände mit einem zufriedenen Lächeln um die Tasse, als ob sie etwas erreicht hätte.

Ich hatte nicht viele Mädchen getroffen, die reden während sie pinkeln, und auf jeden Fall keine, die darüber sprachen, dass sie pinkelten, während sie es taten. Für gewöhnlich ist es eine Leerstelle im Gespräch, selbst wenn jede für sich Kabine an Kabine sitzt. Vielleicht ist Pinkeln und Reden ein bisschen wie Singen und gleichzeitig ein Instrument spielen, dachte ich, zwei Sätze Muskeln, die nebeneinander herarbeiten müssen.

»Du sprichst übrigens wirklich gut Englisch«, sagte sie und lächelte.

»Ach«, sagte ich. »Wir werden alle mit der BBC groß gezogen, wo ich herkomme.«

»Naja, ich hab andere Norweger getroffen. Die sprechen mit schlimmem amerikanischem Akzent.« Sie lächelte immer noch dasselbe interessierte Lächeln.

»Da hast du wahrscheinlich recht«, sagte ich.

»Jetzt reden wir über dich … Warum bist du nach Aybourne gekommen?«

»Ich werd Biologie studieren. Bachelor of Science heißt das wohl.«

»Aber hier? Ist das ein Ort zum Studieren?«

»Ich wollte hier her«, antwortete ich. »Es ist eine gute Universität.«

»Du bist also von allem weggereist, um hier drei Jahre lang zu leben. Ich hoffe, du hast keinen boyfriend, der zu Hause in Norwegen auf dich wartet.«

Carral kicherte neckend und verschränkte die Arme hinter dem Kopf. Der dünne Strickpulli wurde über ihren Bauch hochgezogen und der Stoff spannte sich über ihren Brüsten. Ich konnte keinerlei Andeutung von Brustwarzen erkennen.

»Kein boyfriend«, erwiderte ich in dem ruhigsten Tonfall, zu dem ich in der Lage war.

»Klingt gut. Du bist ja noch so jung.«

Später am Abend, nachdem ich aus dem Hostel ausgecheckt und dem Wichsspiegel und den Golfschlägern in ihren schwarzen Leichensäcken hinter dem Rezeptionstresen Lebewohl gesagt hatte, lag ich wach in meinem neuen Bett und hörte Carral in einem Buch blättern. Ihre Finger schabten über das Papier, der Buchrücken knackte und die Bindungsfäden spannten sich. Als ich später aufwachte, war die Lampe aus, aber ich konnte immer noch einen schwachen Lichtschein über ihrer Schlafzimmerwand erkennen, und das Geräusch von Haarlocken erahnen, die über ihre Wangen fielen, wenn sie sich umdrehte. Noch später begann der Kühlschrank zu brummen. Ich war überzeugt zu hören, wie die Milch in ihrem Karton rumorte und kleine Wellen auf der Oberfläche schlug.

Die Äpfel

Mit ihren offenen Räumen, Leitern und Wänden aus Spanplatten ähnelt die Fabrik eher einem Skelett als einer Wohnung. Die Decke ist viele Meter hoch und ergibt einen silbergrauen, traurigen Himmel. Mitten im Raum, neben dem Küchentisch, verläuft eine Eisensäule wie ein Rückgrat vom Boden bis zur Decke. Unter der Decke liegen dicke, alte Balken, die Silberfischchen und Staub beheimaten. Auf drei Seiten des Raumes wurden drei Zwischenböden auf halber Wandhöhe eingezogen. Zwei davon sind kleine Plattformen, umrahmt von Spanplattenwänden. Sie hängen einander gegenüber, im Norden und im Süden. Ein offenes Mezzanin mit Geländer ist im Osten eingebaut. Es ist groß genug, um ein ordentliches Wohnzimmer zu sein, mit Fernseher und Sofakissen auf dem Boden, und es gibt eine Treppe, die von der Küche hochführt. Unter dem Mezzanin lagert Carral alte Sachen: Klamotten, steife Bettwäsche, eine Spülmaschine, Konservendosen und alte, kaputte Holzstühle. Im Westen liegt das Bad mit Toilette und Badewanne, eingehegt von denselben dünnen Spanplatten wie die Schlafböden. Sie reichen gerade so über unsere Köpfe, und neben dem Bad führt eine

Leiter hoch zu einem kleinen Balkon auf dem Dach der Nachbarwohnung.

Eine Matratze auf dem nördlichen Schlafboden, neben dem Bad, ist mein Bett. Genau gegenüber, über dem Eingangsbereich, hängt Carrals Schlafboden und unter ihr ist ein alter Kronleuchter befestigt, der klirrt, wenn sie sich im Bett umdreht. Wenn ich mich auf meinem Schlafboden hinstelle, kann ich über die Spanplatten und hinunter in die Küche schauen, oder hinüber zum Mezzanin oder gerade so runter auf die Kloschüssel, wenn ich mich strecke.

»Weißt du, was für eine Fabrik das mal gewesen ist?«, fragte ich, während ich meine Kleider hoch auf den Schlafboden schleppte. An der Wand über dem Schlafboden sah ich einige große, viereckige Metallstücke, und ich stellte mir vor, dass früher einmal große Krüge oder Talgkerzen darin gehangen hatten. Aber Carral antwortete nicht, und als ich herunterkam, um mehr Klamotten aus dem Pappkarton auf dem Fußboden zu holen, sah ich, dass sie sich mit einem dicken Buch an den Küchentisch gesetzt hatte.

»Hast du was gesagt?«, fragte sie.

»Ich hab mich nur gefragt, was die hier früher hergestellt haben.«

»Ich bin mir nicht sicher, aber richtige Industrie gibt es in der Gegend schon lange nicht mehr.«

Ich nickte, und Carral fuhr fort: »Was ich mich oft frage, ist, was die sich dabei gedacht haben, als sie hier renoviert haben.«

»Es wirkt ein bisschen halbfertig.«

»Halbfertig? Ich finde, das sind Theaterkulissen – ich meine, Spanplattenwände im Bad …« Sie lachte und sah wieder in ihr Buch.

»Was liest du?«, fragte ich.

»Ach, nur einen Liebesroman. Ziemlich blöde. Ich hab vor ein paar Jahren Literatur studiert, aber jetzt lese ich nur noch trash. Ich bin eine Heuchlerin! Brauchst du eigentlich Hilfe?«

»Nee, lies ruhig.«

Ich ging zurück zu meinem Kleiderhaufen. Carral las weiter. Ab und zu sah sie auf, um einen Keks in eine Tasse Tee zu tunken, und von meinem Schlafboden aus konnte ich hören, wie sie den Tee aus dem Keks saugte und in regelmäßigen Abständen umblätterte.

Das Haus war unfertig und porös. Es sperrte die Welt nicht aus wie die Häuser daheim, und es gab nirgendwo Farbe oder Tapete, nur nackte Spanplatten und raue Backsteinwände. Im Bad waren die Platten weich vom Wasserdampf. Dunkler Schimmel saß in den Ecken. Norwegische Häuser, erklärte ich Carral, sind hermetische, warme Holzkästen voller Farben, und norwegische Geräusche werden mithilfe gut isolierter, trockener Wände fein säuberlich voneinander getrennt. Die Fabrik dagegen gab mir nur dann das Gefühl eines abgeschlossenen Drinnens, wenn ich schlief und der Schlaf seine schwere, undurchdringliche Wand zwischen mich und die wache Welt senkte. Am Montag erwachte ich im Morgengrauen vom Klirren der Portweinflaschen der ersten alkoholisierten Kunden am Aygros Supermarket um die Ecke. Ich blieb liegen und hörte der zunehmenden Rush Hour zu: Autos, die im Parkhaus ein paar Häuserblocks weiter ihre Spiralen immer weiter nach oben zogen, Bürgersteige, die gereinigt wurden, Straßenbahnen, die sich auf der Hauptstraße voranhupten. Vielleicht war es nicht das Haus, das porös war, sondern ich. Vielleicht musste ich mir in dieser Stadt eine dickere Haut zulegen.

Im Wohnzimmer auf dem Mezzanin setzte ich mich an das einzige Fenster, das nach draußen ging. Es war immer noch früh, und hier oben konnte ich den Menschen und dem Nebel zusehen und manchmal die Morgensonne auf meinem Gesicht spüren. Überall sonst gab es nur blasses Licht von nackten Glühbirnen, die an langen Kabeln von der Decke hingen. Sie schwangen bei jeder Bewegung im Haus langsam, wie seismologische Messer. Auch der große Kronleuchter unter Carrals Schlafplatz gab kaum Licht von sich. Er tat nicht viel anderes als das Sonnenlicht vom Fenster in seinem geschliffenen Glas zu reflektieren und ein vages Lichtspiel über den Küchenfußboden zu werfen. Feiner Staub rieselte vom Leuchter, wenn Carral auf ihrem Schlafboden aufstand.

Bei der schummrigen Beleuchtung übernahm das Gehör, wo das Sehvermögen nicht mehr ausreichte. Der offene Fabrikraum nahm sich der Echos gut an, und Klangwellen, die schon längst weg waren, konnten liegen bleiben und zwischen den Wänden rotieren und die Stille ausfüllen, bis andere Geräusche übernahmen. Als Carral an diesem Morgen den Reißverschluss ihrer Jacke hochzog und ihre Joggingschuhe zuschnürte, konnte ich noch schwache Spuren der Geräusche vernehmen, die sie bereits verursacht hatte: vage klangliche Konturen von Duschen und Zähneputzen, Gähnen und Kauen. Nachdem sie gegangen war, um in dem großen Sachs & Sachs-Gebäude zu arbeiten, wurde das Geräusch der zuschlagenden Haustür in kleine Klangmurmeln zerschlagen, die durch das Haus rollten. Ich drehte mich zum Fenster, um sie zur Straßenbahn gehen zu sehen, aber es war niemand auf der Straße. Die zerborstenen Fenster des Silos glitzerten in der Sonne.

Ich hatte noch nicht damit angefangen, mein Pensum zu lesen. Es gab keinen Grund zu warten, das Semester ging in ein paar Tagen richtig los und ich hatte es satt, die Straßen entlangzulaufen. Auf der ersten Seite im Biologiehandbuch stand in dicken Buchstaben:

> Alle von der Natur geschaffenen Objekte gehören zu einer von zwei primären Kategorien: dem Toten oder dem Lebendigen. Das Studium des Lebendigen wird Biologie genannt.

Mir gefiel, was ich da las – das Studium des Lebendigen – und als ich eine Weile später nach unten ging, um mir einen Tee zu machen, fiel mir auf, dass es überall im Haus lebte: Eine kleine weiße Spinne kroch über den Fensterrahmen, es bohrte im Holz der Spanplatten, als ob Käfer und Larven darin herumkrochen, und im Wasserkocher auf der Küchenzeile begann das Wasser zu blubbern. Während ich dastand und mich fragte, ob ich Milch und Zucker in meinem Tee haben wollte, wie alle hier, wiederholte ich die Worte laut: Das Studium des Lebendigen wird Biologie genannt, und nachdem ich es gesagt hatte, hörte ich fast, wie sich die Worte weiter zwischen den Backsteinmauern bewegten, ganz so, als würde ich draußen zwischen zwei Bergen stehen und das Echo hören. Hatten sie es gehört, die Käfer, Larven und Spinnen?

Als Carral zurückkam und ich von dem Handbuch hochschaute, war ich überrascht, dass es schon Abend geworden war. Vor dem Fenster war die Sonne untergegangen, und die Umrisse der Stadt lagen in elektrisches Licht gezeichnet, mit dem Meer wie ein dunkles Maul dahinter. Ich kletterte vom Wohnzimmer hinunter zu Carral, die den Rücken durchstreckte und eine weiße Tragetüte auf den Küchentisch wuchtete.

»Guck mal, was ich gekriegt habe«, sagte sie, und oben aus der Tüte kullerte ein Haufen Äpfel über den Küchentisch: rosafarbene, burgunderrote und goldgelbe. »Die sollten weggeworfen werden.«

Zusammen drapierten wir einige Äpfel in einer Obstschale und stopften den Rest in den Küchenschrank. Carral ging offenbar davon aus, dass wir sie alle essen würden. »Die lagen da einfach so rum«, sagte sie. »Magst du Äpfel?«

Ich nickte. Und ich mochte den Klang von Carrals Mund, als sie ein großes Stück aus einem der gelben Äpfel biss und das süße Fleisch wie eine Mühle zermahlte. Die zarte goldene Farbe der Schale ging fast in ihre Haarfarbe über.

»Die haben schicke Namen«, fuhr sie fort. »Hab ich im Laden gesehen. Die rosafarbenen heißen Pink Ladies, und die gelben Honeygolds. Ist das nicht hübsch?«

»Sehr. Was ist mit den roten, wie heißen die?«

»Die sind die allerbesten. Bloody Ploughman.«

»Wow«, sagte ich.

Carral hielt einen roten Apfel vor sich hoch: »Die sehen aus wie die Äpfel, die Mama immer an den Weihnachtsbaum gehängt hat«, sagte sie.

»Richtige Äpfel?«

»Nein, die waren aus Holz, rot angemalt. Sie waren so schön, dass ich versucht habe, sie zu essen.«

»Oh nein!«

»Oh doch! Ich hab einen Zahn verloren.«

Sie trocknete sich den Mund ab und fuhr fort: »Den Tag darauf bekam ich einen Apfel zum Nachtisch, so einen toffee apple, weißt du. Obwohl ich ganz wund im Mund war.«

»Konntest du ihn essen?«

»Ich hab ihn aufgeleckt.«

Carral nahm einen weiteren Bissen von ihrem Honeygold-Apfel. Ihre Zähne trafen im Fruchtfleisch auf Widerstand und ich hörte, wie sie sich weiter hineindrückten.

»Es gibt eine Larve, die von Apfelkernen lebt, und ab und zu ertrinkt sie in Fruchtsaft«, erzählte ich, während ich die leere Apfeltüte zusammenknüllte. Aus der Tüte verbreitete sich ein Hauch von Apfelduft im Raum, und ich stellte mir vor, wie der Geruch in die Backsteinmauern und die Spanplatten, in die Küchenstühle und ins Schneidebrett zog.

»Das ist für mich vorläufig in Ordnung«, antwortete sie und grinste schief, mit zwischen den Zähnen blubberndem Apfelsaft.

Als sie kaute, hörte ich das Geräusch von Fruchtfleisch, das sich in Schaum auflöste.

Zu dem Zeitpunkt wusste ich noch nicht, dass das Pfeifen und Brausen in ihrem Mund bald auch überall sonst anfangen würde, auf Weisen, die ich noch nicht verstand. Ein Apfel ist nie nur ein Apfel. Carral schälte einen weiteren Honeygold, und lange, runde Schalenlocken kringelten sich und fielen auf den Küchentisch. Ich nahm einen Bissen von einem Bloody Ploughman. Selbst das Fleisch war rot.

»Blutig«, sagte Carral.

»Schöne Farbe«, antwortete ich.

»Sieht sündig aus. Ich wette, das war genau so ein Apfel, von dem Eva gegessen hat, du weißt schon, in der Bibel, die verbotene Frucht.«

»Kann sein. Aber ich hab auch davon gegessen. Heißt das, dass du mich jetzt aus deinem Haus werfen musst?«

Ich hielt ihr den halb gegessenen Apfel hin. Sie fing an zu lachen und zeigte rund um uns auf die Fabrik: »Sieht das hier aus wie das Paradies, oder was?«

Es wurde Abend. Carral plauderte, während sie in Promimagazinen blätterte und an ihrem Daumennagel kaute. Im Schrank und in der Schale rieben die Äpfel vorsichtig aneinander. Im Kronleuchter klimperten die Glasstücke. Ich las ein Kapitel über frühe Meerestiere im Biologiehandbuch. Der Fernseher lief ohne Ton und flimmerte hinter meinem Rücken, spiegelte sich im Geländer. Und die ganze Zeit spürte ich dieses Brausen und Pfeifen, das ich immer noch nicht verstand, als würden wir tief unten am stillen Meeresgrund liegen und dem Wind lauschen, der über die Oberfläche heulte.

Dann ging Carral ins Bett und ich hörte Stoff an Haut und Stoff an Stoff, als sie sich hinter ihrer Wand auf dem Schlafboden auszog. Auf dem Küchentisch entdeckte ich ihr dickes Buch, das sie dort abgelegt hatte. Es roch schwach nach süßer Frucht. »Gute Nacht«, sagte ich.

Und die Nacht kam. Als es Morgen wurde, hatte es zu regnen begonnen und ich erwachte vom Trommeln der Tropfen auf das Dach, mal im, mal aus dem Takt. Durch das Trommeln war ein anderes Geräusch zu hören: Apfelhaut an Holz, vor und zurück durch die Küche rollend, wie Eier kurz vor dem Schlüpfen.

Die Fruchtperlen

Eine Woche kam und ging. Ich ging zwischen den breiten, weißen Regalen im Aygros Supermarket entlang und kaufte Joghurt, Käse und Milch ein, die dem Joghurt, dem Käse und der Milch zu Hause nicht ähnelten. Alles war fettiger, süßer, salziger, größer. In der Uni füllte ich den Stundenplan mit *Biology of Cells and Organisms* und *Genetics & The Evolution of Life*. In der ersten Vorlesung lernte ich, dass Aybourne und der Großteil des Umlands vor Millionen von Jahren mehrere Meter unter Wasser gelegen hatten. Der Professor erklärte, dass der Grund von einer dicken Schicht Kalkstein bedeckt gewesen war, welche aus Milliarden winzig kleiner Algenskelette bestand.

»Stellt euch vor«, fuhr er eifrig fort, »wenn das Wasser immer noch hier wäre, würde man nur einige Kirchturmspitzen und den Glockenturm des Rathauses über der Wasseroberfläche sehen können.«

Die Nachmittage verbrachte ich gemeinsam mit Franziska auf der Rasenfläche vor Earth Sciences.

»Fühlst du dich wohl in deiner Fabrik?«

»Ja, mir gefällt's«, antwortete ich.

»Das wirkt echt merkwürdig. Du sagst, es gibt keine Wände?«

Ich stippte in den Zucker, der von einem Cinnamon Doughnut auf der Serviette liegen geblieben war. Die Zuckerkörner setzen sich an der Fingerspitze fest.

»Nur dünne Spanplatten. Es ist seltsam, aber es läuft gut.«

Ich steckte den Finger in den Mund und zerknirschte den Zucker zwischen den Zähnen.

»Ich glaube nicht, dass ich so wohnen könnte.«

»Ich eigentlich auch nicht«, antwortete ich.

Dennoch wohnte ich in dieser Fabrik und hatte begonnen, es zu mögen. Ich mochte es, Carrals Geräuschen zuzuhören, wie sie über den Küchenboden tappte oder sich nach dem Duschen mit ihrem Handtuch abtrocknete. Von meinem Bett aus hörte ich sie nachts pinkeln: Ein schwaches, gedämpftes Rieseln in die Kloschüssel, das mich im Halbschlaf dünne, flatternde Goldbänder sehen ließ.

So gewöhnte ich mich langsam daran, der Fabrik und Carral und dem ganzen Viertel zu lauschen, denn eines Morgens wachte ich plötzlich nicht mehr davon auf, dass der Aygros Supermarket öffnete. Abends hörte ich die Autos im Parkhaus nicht mehr. Und genauso hatte ich mich an ganz Aybourne gewöhnt, denn ich vermisste den Geschmack von Vollkornbrot und Leberwurst nicht mehr, und ich goss die richtige Menge Milch in meinen Tee, ohne darüber nachzudenken, dass ich zuhause in Norwegen eigentlich nie Tee mit Milch getrunken hatte. Als ich zum Küchentisch ging, um mich mit meinem Milchtee hinzusetzen, knarrten die Dielen unter meinen Füßen genau so, wie ich sie knarren hörte, wenn Carrals Füße darüber tappten.

Die Äpfel breiteten sich in allen Winkeln der Wohnung aus. Halb verdorbenes Obst lag im Mülleimer, auf schmutzigen Tellern und in benutzten Kaffeetassen. Manche Äpfel wurden oben auf dem großen Wohnboden vergessen, andere kullerten in Ecken und unter Schränke. Jeden Morgen legte sich Carral einen Apfel für das Mittagessen auf die Kommode an der Haustür, während sie sich die Schuhe zuschnürte und die Jacke zuknöpfte. Jeden Morgen vergaß sie ihn. Jeden Nachmittag nahm sie einen Bissen von einem Apfel, wenn sie nach Hause kam, und vergaß ihn auf dem Küchentisch oder der Bank. Manchmal blieb ich sitzen und betrachtete den Apfel, wie der Saft an den Zahnabdrücken austrat. Ich fragte mich, was davon wohl Apfelsaft und was ihre Spucke war, und überlegte die Stelle abzulecken, an der sie hineingebissen hatte, um zu sehen, ob ich den Geschmack unterscheiden konnte. Aber ich machte es nicht. Ich beobachtete ihn weiterhin, sah das Fruchtfleisch gelb und dann braun werden.

Nach einer Woche waren die übrig gebliebenen Äpfel weich geworden, und wir hörten auf, sie zu essen. Stattdessen ritzte ich mit meinen Fingernägeln Muster in die Schale eines Honeygolds, während ich ein Buch über Pilze las, *Introductory Mycology*:

> Aber was sind Pilze? Traditionell haben Biologen Pilze als eukaryotische, sporenproduzierende Organismen definiert, die sich sowohl geschlechtlich als auch ungeschlechtlich reproduzieren können.

Als ich von dem Buch aufblickte, sah ich, dass ich ein kreisförmiges, kleines Nagelmal mitten in den gelben Apfel gemacht hatte. Die Ränder waren bereits eingetrocknet und der Riss war braun wie eine kleine, dunkle Brustwarze in der goldgelben Schale. Meine Finger rochen süßlich vergoren.

Ich kam von der letzten Vorlesung der Woche nach Hause und fand Carral samt einem Haufen Äpfel auf dem Fußboden vor. Sie hatte versucht sie einzusammeln und wieder in die Tüte zu stecken, doch die

Tüte war gerissen und nun rollten die Äpfel in alle Richtungen.

»Die stinken«, sagte sie und hob einen Pink-Lady-Apfel auf, aber sie drückte ihn etwas zu fest und die Schale riss auf. Das gärende Fruchtfleisch lief ihr über die Hand. Sie ließ den Apfel gleich wieder fallen, schüttelte ihre Finger. Ich sah, wie sich ihre Muskeln in den Armen und im Nacken unter den gelben Locken anspannten.

»Die sind nur ein bisschen alt«, sagte ich.

»Die sind nicht so alt«, erwiderte sie und holte eine neue Tragetüte aus der Schublade. »Und sie sind schon vergammelt.«

»Die waren doch schon alt, als du sie bekommen hast. Alles Obst vergammelt, wenn es alt wird.«

»Sicher«, sagte sie.

Ich ging zu ihr und hob den Apfel auf, den sie fallen gelassen hatte. Er war gelbbraun und glänzend um den Riss in der Schale herum. »Wenn sie schon aufreißen, schimmeln sie«, erklärte ich Carral und zeigte auf den Riss. »Schau.«

»Schmeiß ihn einfach weg«, antwortete sie.

»Ich nehm sie.«

Und so hielt sie die Tüte, während ich Äpfel hineinstopfte, gelbbraune und rote, feuchte und weiche. Ich holte sie aus den Schränken, vom Wohnboden und von der Küchenzeile, las die Äpfel auf, die auf den Boden gefallen und entlang der Dielen davongerollt waren. Ein dunkelroter Bloody Ploughman war matschig und klebte sich an meiner Hand fest, und ich dachte an Carrals Kommentar zu Eva und der verbotenen Frucht, sah mich selbst nach dem Sündenfall aufräumen.

Im Kompost vor dem Haus erinnerten die Äpfel an bunte Schmuckstücke in einer Schatulle. Ich schloss vorsichtig den Behälter und setzte mich auf den Deckel. Carral rauchte neben mir auf der Treppe eine Zigarette. Sie lächelte müde.

»Tut mir leid, dass ich so anstrengend war. Ich mag keine vergammelten Sachen.«

Sie sah den Kompostdeckel unter mir an, wie um aufzupassen, dass die Äpfel auch ja da unten blieben.

»Es ist lange her, dass ich mit jemandem zusammengewohnt hab.«

»Ist es komisch, wieder teilen zu müssen?«

»Es passt super, aber es ist ein bisschen ungewohnt. Die Wohnung fühlt sich irgendwie ... anders an.«

»Kleiner vielleicht?«

»Vielleicht. Oder einfach fremd.«

»Es wird zu eng«, sagte ich. »Mit den ganzen Äpfeln.«

Sie lachte, drückte die Zigarette unter ihrer Schuhsohle aus.

Wir lassen die Haustür offen stehen. Der Gärgeruch verschwindet über die Türschwelle nach draußen, vermischt sich mit Regen, Wind und den quietschenden Bremsen der Straßenbahnen. Alles, was noch übrig ist, sind ein paar braune Saftspuren auf der Bank und Apfelkerne zwischen den Dielen. Aber der Schlaf ist voll von Äpfeln, und in der Dunkelheit wird mein Körper langsam in eine Frucht verwandelt: Meine Mandeln schrumpfen zu Kernen zusammen und meine Lungen zum Kerngehäuse. Ich träume, dass weiße Blüten unter meinen Nägeln aufblühen wie unter Eis. Dann brechen sie auf, öffnen sich wie Muschelschalen und im Nagelbett liegen kleine, klebrige Fruchtperlen.

Der doppelte Schlaf

Zuerst sah ich sie nicht, und als ich es endlich tat, fuhr ich zusammen. Ich konnte nicht wirklich glauben, dass wir eine halbe Stunde im selben Raum gesessen hatten, ohne dass ich es bemerkt hatte. Es sah aus, als ob sie schlief, aber vielleicht hatte sie auch mit geschlossenen Augen dagesessen und gehört, was ich normalerweise tat, wenn ich allein war: Meine Finger, die durch dickes Schamhaar fahren, meine Schamlippen, die mit kleinen Seufzern auseinandergleiten, den Bund der Unterhose, der gegen die Haut zurückspringt, wenn die Hand loslässt. Carral saß auf der Treppe zum Mezzanin, nur ein paar Meter von mir entfernt. Sie hatte den Kopf leicht gegen das Geländer gelehnt, regungslos wie ein Möbelstück. Die Augen waren geschlossen, die Lippen zusammengepresst. Nicht ein Muskel bewegte sich. Nicht ein Gelenk knackte. Ich zog rasch den Hosenschlitz wieder zu, während ich sie ansah. Manchmal sackte ihr Kopf nach unten und zuckte gleich wieder hoch. Das Schlüsselbein straffte sich dabei ruckartig.

Carral sah nicht aus, als würde sie von ihrem wippenden Kopf aufwachen. Es schien, als würde sie träumen, dass sie einschlief und wieder aufwachte, gefangen in einem doppelten Schlaf. Ich las das Kapitel in meinem Biohandbuch fertig, vor allem, um ihr nicht zu zeigen, dass sie mich erschreckt hatte. Anschließend ging ich runter in die Küche und packte Gemüse auf die Küchenzeile. Zuerst bewegte ich mich dort unten leise, um sie nicht zu wecken, ging im vorsichtigen Krebsgang zwischen Kühlschrank und Herd hin und her und schnitt das Gemüse sachte und lautlos klein. Doch dann wurde mir ihr merkwürdiges Schlafen zu blöd und ich machte mehr Lärm, schaltete das Radio an, hackte kräftig und laut Zwiebeln und Kartoffeln und briet sie in der Pfanne. Weiterhin kam kein Laut von der Treppe. Warum wacht sie nicht auf? Will sie mich testen, mich verunsichern?, fragte ich mich und wurde noch lauter. Erst als ich das Essen auf den Teller geschoben, Teewasser aufgesetzt und Carral längst aufgegeben hatte, hörte ich sie. Ein langes Gähnen klang zwischen den Metallrohren des Geländers hindurch, ein Finger knackte, ein Baumwollpullover wurde glattgezogen, Zehen tappten eine Treppe hinunter. Als ich mich umdrehte, war sie weg.

Etwas später kam sie und setzte sich an den Küchentisch. Ich saß noch da und aß.

»Bist du heute auf dem Wohnboden eingeschlafen?«, fragte ich.

»Bin ich wohl«, sagte sie. »Manchmal schlafe ich nachts so schlecht.«

Sie hatte wieder den hellgelben, dünnen Strickpulli an. Das Gelb war so nah an ihrer Haut- und Haarfarbe, dass sie nackt wirkte, eine geschlechtslose, matte Nacktheit. Ich schnitt das Eigelb aus meinem Spiegelei und steckte es mir in den Mund. Ich drückte die Zunge gegen die Eihaut und spürte, wie sie sich spannte. Ich stellte mir vor, dass es Carrals Haut war, die da drinnen kurz vor dem Zerreißen war; doch als das Eigelb platzte, regte sie sich nicht, drehte nur weiter ihren Finger um den Pferdeschwanz und schaute in den Roman, der aufgeschlagen vor ihr lag. Ich leckte mir das klebrige Eigelb von den Zähnen.

»Bist du schon lange zu Hause?«

»Den ganzen Nachmittag. Hast du mich vorhin nicht gehört?«

»Warst du hier? Nein, hab ich nicht gehört«, sagte sie langsam ohne aufzusehen.

Ich aber hörte den Abend über jede ihrer noch so kleinen Bewegungen und als wir wieder oben auf dem Wohnboden saßen, starrte ich ihren gelben Pulli an, suchte nach einer Andeutung von Brustwarzen unter dem eng gestrickten Wollstoff. Nichts. Über uns schwangen die Glühbirnen an ihren Kabeln vor und zurück wie kleine, goldene Eier.

Die Mondlippen

Im Lauf der nächsten Tage brachte ich immer mehr Dinge in die Wohnung: Bibliotheksbücher und Kugelschreiber, Klamotten und Kissen, Teebeutel und Büchsen mit Bohnen. Zugleich frischte der Wind in Aybourne auf, er schleifte Tangklumpen und Sand ins Zentrum, schob Bänke über die Strandpromenade und bog das Gras und die Herbstblumen im botanischen Garten der Universität zu einem glatten Pelz um. Als ich am Montagmorgen zur Straßenbahnhaltestelle wankte, lagen die Rohre des Silos hinter mir und heulten in den Windstößen. Die zerbrochenen Scheiben starrten wie gewaltige, geschlossene Sphinxaugen über die Allee.

Durch den Wind wurde der Weg in die Stadt doppelt so lang wie sonst und als ich endlich bei Earth Sciences ankam, war die Tür zum Vorlesungssaal geschlossen. Mein Blick fiel auf eine alte Zeichnung, die dort an einer Tafel hing. Die Karikatur zeigte einen Professor mit dickem, buschigem Haar, der hinter einer Herde kleiner, zu Tode geängstigter Studenten herjagte. Unter der Zeichnung stand in gedruckten Buchstaben:

> Die Welt des Lebenden ist durch eine Hierarchie gekennzeichnet, in der jedes biologische Niveau sich von dem Niveau darunter ernährt.

Ich öffnete vorsichtig die Tür und schlich mich ins Auditorium.

Die heutige Vorlesung handelte von Reproduktion. Professor Spencer Lipman, der den Spitznamen Spitlip hatte, sprach extrem ruhig und deutlich, und jedes Mal, wenn sich die Lippen zu einem b oder p zusammenzogen und wieder auseinander sprangen, schossen winzige Spucketröpfchen aus seinem Mund. Nach einer Weile hatte sich in einem seiner Mundwinkel weißer Schaum gebildet. Ich trocknete mich rund um meinen eigenen Mund ab und musste wegsehen, schaute in das Notizbuch vor mir. Dort hatte ich gerade notiert:

> Pilze haben vielfältige Reproduktionsweisen. Sie bilden und verbreiten enorme Mengen von Sporen. Wenn Idealbedingungen herrschen, kann sich der Bestand in sehr kurzer Zeit vervielfachen.

Und ich konnte es nicht lassen, an den Spuckeschaum im Mund des Professors zu denken, wie der

Bestand seiner winzigen Tropfen sich wie kleine, nasse Samen im Auditorium ausbreitete. Auf meiner Hand glitzerte ein winzig kleiner Wassertropfen.

Am selben Abend in der Wohnung fand ich Carral wieder schlafend auf den Wohnzimmerkissen vor, lautlos und weich, kaum atmend. Sie saß in der gleichen Haltung wie am Tag zuvor. Der Hals war in die Schultern gesunken, der ganze Körper schien ein Stück in sich selbst hineingesunken zu sein, und oben schwebte locker der Kopf. Das Haar hatte sich in Wellen über das Geländer gelegt. Einige Locken wickelten sich um die Metallrohre. Draußen glänzten die Straßen vom Regen und weiter weg ergossen sich die letzten Reste des Halbdunkels ins Meer, oder vielleicht waren es bloß Wolken.

Neben ihrer schlafenden Hand lag der Roman, in dem ich sie hatte lesen sehen. Er war aufgeschlagen. Einige Seiten flatterten im Wind vom Heizlüfter. Ich beugte mich zu Carral herunter und studierte ihr Gesicht: Es war weich und stumm, nicht ein Augenlid bewegte sich. Als ich mich versichert hatte, dass sie schlief, hob ich das Buch auf. Auf der Rückseite war ein Bibliotheksstempel eingeprägt und auf der Innenseite des ramponierten Einbandes saß ein kleiner Umschlag mit Leihkarte. Ein zäher Fleck lief an den Kanten der Blätter entlang. Auf der Vorderseite war die eine Seite des Umschlags abgerissen, doch die andere Seite zeigte ein Paar volle Lippen, ein Rudel Wölfe mit erhobenen Schnauzen und einen gewaltigen, leuchtenden Vollmond ganz oben im Bild. Der Titel stand in Schnörkelschrift zwischen den Wölfen und dem Mond: *Moon Lips*.

Ich blätterte von vorne durch: Titelblatt, Einleitung,

> Du sitzt hier nicht mit einem x-beliebigen Liebesroman in der Hand, lieber Leser …

und dann das erste Kapitel:

> Miranda Darlings Lippen waren am Tag rund und saftig wie eine Kirsche, und in der Nacht, wenn sie mit einem Glas Campari draußen auf dem Balkon saß, spiegelte sich der Mond in ihnen.

Ich blätterte noch ein wenig weiter. *Moon Lips* schien ein typischer Groschenroman zu sein und ich war weder an Miranda noch dem attraktiven Helden, die einander anscheinend durch die Kapitel jagten, besonders interessiert. Während ich blätterte, entglitt mir das Buch und klappte auf einer gut gelesenen Seite auf:

> Er ging langsam auf die alte Frau in der Versammlung zu, wohlwissend, dass sie durch seine Kleidung hindurch und auf sein Geschlecht starrte … Sie lachte und sagte, »Du bist gut ausgestattet, Menschenmann.«

Nach diesem Abschnitt blätterte ich langsamer. Hier veränderte sich die Papierqualität, wurde irgendwie dicker, als wären die Seiten nass geworden und wieder getrocknet. Langsam baute die Szene sich zu etwas auf, das ich als ein uraltes Sexritual verstand, und ich erkannte, dass der Held der unschuldigen Miranda die Jungfräulichkeit nehmen würde:

> Die drei anderen Frauen sammelten sich hinter ihm, strichen ihm über den Rücken und heulten wie Wildtiere. Miranda lag unter ihm und fühlte die Erektion an ihrer Öffnung pulsieren. Sie wollte ihn jetzt. Er brach durch die weiche Membran und stieß seinen fleischigen Säbel hinein in ihre warme, enge Scheide.

Heiße Röte breitete sich überall in mir aus und ich sah, nein, ich spürte den gewaltigen Schwanz des Helden in meinem eigenen beschämten, unberührten Körper. Ich sah zu Carral hoch, die weiterhin aussah, als würde sie in der genau gleichen Position schlafen, und las dann weiter. Im Buch ging die Sexszene mit Stöhnen und immer schnelleren Stößen weiter. Und mittendrin, eine oder zwei Zeilen vor dem Höhepunkt des Helden, wurde der Satz plötzlich durch einen unförmigen Fleck abgebrochen. Er war nicht dunkel, aber hatte sich mit der Tinte vermischt. Der Rest der Seite war nicht mehr lesbar. Ich legte den Finger auf den Fleck: knochentrocken und nackt, zeitlos. In Carrals Handgelenk begann es zu pulsieren und plötzlich war mir, als ob ich den gleichen Puls in dem Fleck, in meinem Finger, im Schritt spürte.

Das Buch fiel mit einem Knall zu Boden, ich lief die Treppe hinunter und stürmte auf meinen Schlafboden, zog mich aus und schaltete das Licht aus. Im Dunkeln war das Haus so still, dass ich es kaum wagte zu atmen, und als ich meine Hand in die Unterhose steckte, wie um mich selbst zu fassen und festzuhalten, bekam ich Todesangst, dass Carral hören könnte, was ich tat, dass sie durch die Spanplatten das Geräusch der Unterhose vom Geräusch des Bettbezugs unterscheiden könnte. Ich spürte selbst unter der Bettdecke immer noch den Puls an der Fingerspitze, in den Hüftknochen, im Schambein, und ich lag eine Weile wach. Auf dem Dach über mir schien sich ein Vogel für die Nacht niederzulassen. Es hörte sich nach einem großen Vogel an, einem Schwan vielleicht, und er kratzte mit schweren Vogelfüßen dort oben auf den Blechplatten herum. Ich stellte mir vor, wie er die Flügel schüttelte und mit dem Schnabel seine Federn ordnete, und als ich einschlief, träumte ich, dass sich der lange Schwanenhals am Blechdach vorbei und ganz zu mir herunter streckte, und dass er seinen großen Schwanenkopf unter meinen Arm steckte, als wäre ich ein Flügel.

Die Sporen

Das Innere des Earth-Sciences-Gebäudes war abgerundet und naturfarben. Die Holzwände im Auditorium krümmten sich und gingen über uns in einem großen Bogen in die Decke über. Alle Stühle, Zierleisten und Pulte waren Variationen von Grün und Braun und ließen das Innere des ganzen Baus wie ein wohlfrisiertes Naturreservat aussehen. Ich hatte mich ganz nach hinten gesetzt, um Professor Spitlip zu entkommen, aber an diesem Tag hielt ein anderer Professor die Vorlesung. Er sprach monoton über die Entwicklung lokaler Spinnenarten. Es fiel mir schwer, zu folgen, und zwischen Abschweifungen und Dias von Fossilien las ich verstohlen in Introductory Mycology:

> Bei einigen Pilzarten (Rhizophydium) führt die Fusion der Sporen dazu, dass die Gene eines Individuums an die eines anderen übertragen werden.

Ich dachte an den Fleck in *Moon Lips*. Der Fleck hatte die Tinte im Buch zu einem schwarzen Klumpen aus Buchstaben verknetet und die Schrift unlesbar gemacht, und ich erinnerte mich daran, wie rau und hart er sich unter meinen Fingern angefühlt hatte.

Später, in der Fabrik, versuchte ich mich für lokale Spinnenarten zu interessieren und saß in dem Mezzanin krumm über zwei kleine Marmeladengläser gebeugt. In dem einen hatte ich eine kleine, weiße Spinne gefangen, die ich im Fensterrahmen gefunden hatte, und in dem anderen saß ein rotbrauner Ohrenkneifer, den ich aus einem verschrumpelten Bloody Ploughman-Apfel im Kompost geholt hatte. Der Ohrenkneifer stieß mit der Zange gegen die Glaswand, zwickte ins Leere und wippte wieder zurück, nur um es an anderer Stelle erneut zu versuchen. Die Spinne bewegte sich nicht.

Der Wind drückte wie eine schwere Wand gegen die Fabrik. Hinter mir hörte ich Carral aus dem Bad kommen, ihr Kostüm, das sie im Büro trug, aufknöpfen und es über den Kopf ziehen. Ich drehte mich um und sah ihr Gesicht in dem schwarzen Stoff verschwinden. Unter dem Kostüm hatte sie ein kurzes Unterhemd, das kaum bis zur Strumpfhose reichte, und dazwischen stach die Haut am Bauch hervor wie eine weiße Emaillefläche. Ich drehte mich zurück zu meinen Gläsern.

»Was machst du?«

»Insekten anschauen«, murmelte ich zurück.

Von unten waren weichere Fasern auf Haut zu hören. Als sie hoch auf den Wohnboden kam, hatte sie einen engen weißen Jogginganzug an und hielt eine Papiertüte in der Hand.

»Wir gehen heute Abend von der Arbeit aus weg, komm mit, wenn du willst. Das sind nette Leute. Manche sind auch ziemlich jung.«

»Aber ist das nicht nur für die Mitarbeiter?«

»Nein, das ist ganz informell. Und ich hab ihnen von dir erzählt. Sie würden sich freuen, *the young Norwegian* zu treffen.«

Ich konnte spüren, dass sie mich ansah und konzentrierte mich darauf, nicht vom Ohrenkneiferglas aufzuschauen. »Ich hoffe, du hast was Nettes erzählt.«

Carral grinste. »Nur, dass du Norwegerin bist und gut mit verfaultem Obst umgehen kannst. Na los, komm mit. Du musst doch auch mal rauskommen und Leute kennenlernen.« Sie zog ihren Roman hervor und bemerkte meine Gläser. »Machst du Hausaufgaben?«

»Ich bereite mich auf eine Laborschicht vor, ja.«

»Sind die aus dem Haus?«

»Ja, vom Fensterbrett und aus dem Kompost.«

»Und, wie ist die Lage im Kompost?«

Sie erschauderte leicht.

»Die Äpfel sind immer noch da.«

Carral nickte, öffnete *Moon Lips* und steckte die Hand in die Papiertüte.

»Willst du ein bisschen *muff*?«, fragte sie und fischte einen Schokoladenmuffin heraus. Ohne eine Antwort abzuwarten halbierte sie ihn und hielt mir den einen Bissen entgegen.

»*Muff*?«, fragte ich. »Nein, danke. Heißt das nicht *muffin*?«

»Doch, schon. Aber wir nennen das *muff*. Nimm doch ein bisschen, ich kann nicht hier sitzen und allein Kuchen mampfen.«

Ich nahm das Kuchenstückchen entgegen. Es hatte tiefe Abdrücke von Carrals Fingern auf beiden Seiten.

»Übrigens, weißt du, was *muff* bedeutet?«, kicherte sie, während sie das andere Stück zerkaute. Ich schüttelte den Kopf und sie fuhr fort: »Das ist Slang für Vulva. Ich weiß nicht genau, warum. Vielleicht finden manche, dass sie wie Schamlippen aussehen ...«

Das halbe Küchlein lag immer noch in meiner Hand. Ich sah, wie sich Carrals Kiefermuskeln auf und ab bewegten während sie kaute und schluckte. Ihre Zehen trommelten leicht auf die Kissen vor ihr. Und die kleine Spinne im Marmeladenglas hatte begonnen, vor sich hin zu schaukeln, weiß und zart wie eine Kamee-Brosche, eine Carral in Miniatur.

Später schaltete sie den Fernseher an. Hinter den Marmeladengläsern konnte ich unscharfe Bilder eines Körpers erkennen und als ich hochschaute, sah ich einen muskulösen, rothaarigen Mann im Bild.

»Guckst du die Serie?«, fragte Carral und streckte den Zeigefinger vor sich aus.

»Welche Serie ist das?«

»*Charmed*. Habt ihr die in Norwegen vielleicht nicht? Drei Schwestern, Hexen...«

»Ja, doch, aber ich guck das nicht.«

»Ich weiß, dass es trash ist. Aber ich mag Hexenkram. Du solltest mal sehen, was ich so lese ...«

Ich senkte den Blick. Carral fuhr fort: »... und dann ist er auch echt ganz heiß.«

Auf dem Bildschirm tauchte der Mann erneut auf, dieses Mal zusammen mit einer Frau. Sie hatte einen tiefen Ausschnitt und große, aufgeblasene Lippen.

»Er sieht eigentlich ein bisschen aus wie Pym«, sagte Carral. »Dass ich da nicht früher dran gedacht habe!«

»Pym? Wer ist das?«

»Ach, das ist unser Nachbar.«

»Pym«, sagte ich. »Was für ein komischer Name.«

»Das ist ein Spitzname. Eigentlich ist das sein Nachname, glaube ich. Abgesehen davon triffst du ihn bestimmt bald«, sagte sie und nahm einen weiteren

Bissen Kuchen, während sie auf den Fernsehbildschirm starrte.

In der Bar *The Sealion* blinkte ein Happy-Hour-Schild in grellem Pink über unseren Köpfen. Ich stand zwischen Schlipsknoten und Haarnadeln herum, die allmählich ihren Halt verloren.

»Das ist Jo, die Neue in meiner Wohnung«, sagte Carral zu den anderen und lächelte mit erhobener Nase: »Sie ist so jung, so jung, *little Jo*, erst zwanzig, *young and innocent*.«

Ich wollte protestieren, aber Carral sprach einfach weiter über mich, wie man ein altes Bild von sich selbst beschreiben würde: Jung und ernst, furchtlos und verblichen, ein versteinerter Augenblick, der längst vergangen ist.

»Wie gefällt es dir in der Brauerei?«, fragte mich Carrals Chef durch die viel zu laute Musik. Er war älter als die anderen, vierzig vielleicht, und im Anzug. Ich spürte den schweren Atem und die Wärme seiner Haut an meiner Wange. *Er ist ein ganz schöner Trottel und ziemlich verzweifelt*, hatte Carral mir ins Ohr geflüstert. Ich zog mich etwas zurück.

»Brauerei?«

»Ja, das Haus, in dem du wohnst, ist eine alte Brauerei«, sagte er, und fügte hinzu: »Das sagt Carral jedenfalls.«

»Das wusste ich nicht«, antwortete ich und sah weg, zu Carral. Sie hatte sich einem ziemlich großen und ungelenken Typen zugewandt.

»Das gesamte Hawthorn-Viertel war viele Jahre verlassen«, sagte der Chef. »Bis sie herausgefunden haben, dass sie die alten Fabriken zu Wohnungen umbauen können. Das ist gerade mal ein paar Jahre her. Und die sind ziemlich schön geworden, einige davon. Nichts für mich, versteht sich. Ich mag neu gebaute Häuser. Und frisches Fleisch.«

Er lehnte sich wieder näher zu mir herüber.

»Andrews Schwester ist in deinem Kurs«, sagte Carral zu mir und drehte sich zu dem großen Typen um. »Wie heißt sie nochmal?«

»Anna«, antwortete Andrew. »Weißt du, wer sie ist?«

Ich schüttelte den Kopf.

»Ist das nicht die Schwangere?«, sagte Carral.

»Jep. Nimm dich vor Biologie in Acht, *little Jo*«, nickte er. Carral und Andrew lachten.

»Schau dir meine Lippen an.« Carral hob den Kopf und streckte den Hals, während sie darauf zeigte. Sie waren angeschwollen und wenn sie sprach, bewegten sie sich gerade so im Takt mit dem Kiefer und der Zunge. Andrew piekste hinein.

»Müssen die geweckt werden?«, fragte er mit einem dicken Grinsen.

»Die sind nur besoffen«, antwortete Carral, »*sloshed*«, und dann lachten sie wieder laut zusammen.

»Du bist nicht wie die anderen Mädchen«, sagte der Chef.

»Nicht?«

Seine Augen waren blutunterlaufen. Sie kniffen sich zusammen und studierten mein Gesicht. Ich bewegte mich wieder etwas zurück.

»Du bist nicht wie die Mädchen im Büro, oder die Mädchen in der Stadt«, sagte er. »Du bist nicht … so.«

»So?«

»So… Rock und hohe Absätze … deine Haare … die sind kurz … du trägst Hosen … bist ernst …«

»M-hm?«

»… und dein Gesicht … deine Wangenknochen. Die sind anders. Sind in Norwegen alle so ernst?«

Sein Gesicht teilte sich entzwei, die Augen sahen mich noch an, während die Lippen sich hinunter zum Strohhalm im Drink in seiner Hand streckten. Seine Lippen umfassten den Strohhalm wie ein Pferdemaul, strafften sich und saugten.

»Ernst, ich weiß nicht …«

»Und du sprichst verdammt gut Englisch. Ernst und smart ...«

»Das lernen in Norwegen alle in der Schule.«

Mir gefiel dieses Gespräch nicht, wie es sich nur darum drehte, sich in mich hineinzugraben. Ich fühlte mich durchsichtig. Kann man Leuten ansehen, dass sie Jungfrau sind?, dachte ich und sah im Raum umher, um Carral zu finden. Sie trank Champagner am Billardtisch und lachte jedes Mal, wenn Andrew etwas sagte. Ihre Lippen waren wirklich angeschwollen, und ich kam nicht umhin, an Miranda Darlings Lippen zu denken,

rund und saftig wie eine Kirsche.

Die goldenen Locken ihres Pferdeschwanzes rutschten über ihre Schulter herunter und neben ihr Ohr, als sie zielte. Andrew beugte sich hinter sie, stützte den Billardqueue, und einen Moment lang sah sie auf, direkt mich an. Ich dachte an einen Ausschnitt aus *Moon Lips*:

> Er beugte sich von hinten über sie und schob ihre Beine auseinander. Sie stützte sich an der Spüle ab und stöhnte, während er ihr langsam den Slip auszog und seine Hose aufknöpfte ...

Ich spürte, wie sich der Schweiß in meinen Handflächen sammelte, und rieb die Hände über die rauen Rillen im Jeansstoff. Der *Moon-Lips*-Fleck pochte in meinen Fingerspitzen. Um mich herum gab es nur Sex. Salzige Körperflüssigkeiten strömten in den Raum. Der Chef war mir zur Bar hinüber gefolgt und murmelte mir ins Ohr:

»Ich mag so welche wie dich, *your type, you know ... lesbians.*« Er bohrte einen Finger tief in meinen Arm. »Sag mal, hast du ... schon mal ... einen Mann gehabt?«

»Jetzt geh ich«, sagte ich, sah ein letztes Mal zu Carral am Billardtisch hinüber und ging zur Tür hinaus.

Der Heimweg war kühl, und meine Hände wurden kalt und glatt, aber die Finger hörten nicht auf zu pochen. Als ich auf meinem Schlafboden lag und auf den Klang von Carral wartete, die nach Hause kam, konnte ich es immer noch spüren. Ich spürte das Klopfen durch das Nachthemd und das Bündchen der Unterhose, durch die Oberhaut, Lederhaut und Unterhaut.

Dann wache ich auf: Es riecht nach Papier. Ich habe nichts gemerkt, nicht ein Geräusch, sie ist einfach nur hier, ohne hergekommen zu sein. Das ist die erste Nacht, in der wir im selben Bett schlafen. Carral hat sich hier hoch geschlichen, keine Frage. Es gibt keine Situation, keinen Grund, keine Furcht. Nichts. Nur vorsichtig knirschende Sprungfedern und die Umrisse einer Hand im Dunkeln.

»Hi.«

Oder vielleicht träume ich auch nur, dass ich es höre.

»Hi.«

Carrals Gesicht leuchtet silberweiß im Mondlicht. Wir sind nicht nah beieinander. Unsere Körper bewachen einander, halten Abstand. Wir sind wie zwei Fremde, jede in ihrem Raum, jede zu ihrer Zeit.

Die Brauerei

Als ich aufwachte, war Carral weg. Die Matratze lag kalt und glatt neben mir, und mein Körper war rundherum in die Decke eingepackt wie in einen Schlafsack. Es gab keine Spur von ihr, so als wäre sie nie zu mir heraufgekommen, und dennoch hallte die vorausgegangene Nacht in kleinen Fragmenten nach: Das Geräusch knarrender Leitersprossen, die Matratze, die sich unter unseren Körpern senkt, die Wärme ihres Atems in meinem Haar.

Ich machte Musik an und drehte die Lautstärke voll auf, um Carral aus meinem Kopf zu verdrängen. In meinen Kopfhörern fing ein Lied an, das einfach und melodiös und zugleich in Lärm und Effekte eingehüllt war. Mit dem großen, nackten Fabrikraum um mich herum bekam ich das Gefühl, wie ich es in einer Kirche bekomme, einen Eindruck von Luft und Größe, fast schwindelerregend. Ein Schleier aus Klängen umgab die Worte, die in meine Ohren gesungen wurden:

> Alison, I said we're sinking
> There's nothing here but that's okay
> Outside your room your sister's spinning

Und während das Lied in eine Bridge überging und die Melodie verblasste, hing das Echo der Worte noch nach, als ob sie nur in sich zusammenfielen und weiterhin da wären, weniger und weniger:

Alison, I said we're sinking

So lag ich umringt von Spanplattenwänden und Mauern und spürte, dass ich in eine fiebrig warme Kiste abgesenkt wurde. Als das Lied ausklang und es still wurde, bemerkte ich, dass die Luft in der Fabrik schwer und dicht geworden war. Ich nahm die Kopfhörer ab, stand auf und kletterte die Leiter hinunter zur Küche. Das Haus wirkte anders, enger, so als ob es sich zusammengezogen hätte. Der Küchentisch füllte einen größeren Teil des Fußbodens aus, und die Glühbirnen schwangen schwerfällig an ihren Kabeln. Vielleicht war jemand hier gewesen, während wir unseren schweren Schlaf schliefen, und hatte eine neue Lage Wände vor die alten gesetzt, eine neue Lage Pressspan auf die Innenseite der Platten um unsere Schlafböden herum. Ich sah diese Dinge vor meinem geistigen Auge, während ich über den Boden zur Küchenzeile ging, und meine Füße traten behutsam auf die Bodendielen, wie um nicht auf etwas zu stoßen, das ich nicht sehen konnte, das aber trotzdem da war. Mir wurde bewusst, dass ich ging, wie es Carral tat.

Hatte ich erst jetzt damit angefangen oder machte ich das schon länger? Ich sah auf meine Füße herunter. Sie lagen weich und weiß auf den Dielen, fast flüssig.

Carral kam aus dem Bad, ein Handtuch um die Haare gewickelt und ein anderes um den Körper. Ich hatte keinen Laut aus dem Bad gehört. Es rauschte nicht aus dem Toilettenspülkasten oder tropfte vom Duschkopf. Sie musste lange dort gewesen sein. Das Geräusch ihrer Schritte vermischte sich mit dem Geräusch des Wassers, das im Wasserkocher blubberte.

»Guten Morgen. Ist das Bad jetzt frei?«

Sie grüßte mit einem Nicken und tappte vorbei, verschwand nach oben auf ihren Schlafboden. Als ich ins Bad kam, roch es schwach nach Urin, und in der Toilettenschüssel war die Flüssigkeit gelb wie geschmolzene Butter. Carral hatte nicht heruntergespült. Es blubberte, als mein Strahl die Wasserfläche traf, und ich saß und sah zwischen meinen Beinen hinunter, während ich pinkelte, sah, wie sich die Flüssigkeiten da unten langsam vermischten.

Unter der Dusche in der Badewanne ließ ich das Wasser so warm werden, dass meine Haut brannte. Ich stellte mir vor, dass ich die ekelhaften Kommentare des Chefs von mir abschrubbte und Carrals plötzliche Nähe in meinem Bett wegwischte. Das Duschgel schäumte auf meiner Haut, eine aufbrandende Schicht zwischen mir und der gestrigen Nacht, zwischen meinem Körper und ihrem. Doch ich sah sie trotzdem die ganze Zeit hinter meinen Augenlidern: Das weiche, undeutliche Gesicht, das neben mir auf dem Kissen gelegen hatte, silberweiß im Nachtdunkel. Das Wasser strömte weiter aus dem Duschkopf, und das Geräusch bekam einen anderen Klang – weicher – auf dem luftigen Seifenschaum, der allmählich den Boden der Wanne bedeckte. Es erinnerte mich fast an Bier aus einem Zapfhahn. Ich verbannte Carrals Bild und stellte mir vor, dass die Badewanne, das Bad, das ganze Haus ein Bierglas war, das langsam mit süßem, vergorenem Hopfen gefüllt wurde.

»Stimmt es, dass das hier mal eine Brauerei war?«, fragte ich Carral, nachdem ich mich angezogen hatte. Sie sah erschöpft aus, fast unscharf, wie sie da am Küchentisch in einem dünnen, alten Bademantel saß. *Moon Lips* lag vor ihr, geschlossen.

»Ja, ich glaube schon. Schon sehr lange her. Der Nachbar hat es mir erzählt.«

»Es hat wohl lange leergestanden?«

»Ja, ich weiß nicht wie lange, aber es waren wohl etliche Jahre.« Sie schloss die Augen und legte sich die Hand auf die Stirn.

»Hast du Fieber?«, fragte ich.

»Ach was, ich bin nur sehr müde. Wir haben gestern ein bisschen geraucht, ich erinnere mich an fast nichts und dann hab ich auch noch so schlecht geschlafen.«

Ich nickte. Es wurde wieder still zwischen uns, und mit einem Mal war das Bild von ihr in meinem Bett zurück, das graue Gesicht und der warme Körper, der so nah an meinem gelegen hatte. Carral gähnte und starrte auf das Buch hinunter. Ihr Zeigefinger fuhr über den Umschlag und folgte dem Umriss des gezeichneten Vollmonds in Kreisen. Meine Handflächen schwitzten.

»Ist das ein gutes Buch?«, fragte ich.

»Das ist völliger trash«, antwortete sie. »Aber ich brauche das.«

»Trash kann ja lustig sein.«

»Ja schon, aber es ist ein bisschen traurig, wenn ich dran denke, dass ich früher immer massenweise schwierige, düstere Bücher gelesen habe, ordentliche Bücher ... und jetzt geht es nur noch um Wölfe und Mystik und Liebe.« Sie lächelte müde, hob das Buch mit der Vorderseite zu mir gewandt hoch und fuhr fort: »Du, Jo ... es tut mir Leid, wenn ich gestern was Dummes gesagt habe. Ich wollte dich nicht jung und unschuldig nennen.«

»Ist schon okay. Ich bin's ja. Und es ist ja auch witzig.«

»Eigentlich bist du sehr erwachsen. Ich hab gehört, du hast den Chef stehen lassen.«

»Er dachte, ich wäre lesbisch. Er hat gefragt, ob ich schon mal … einen Mann gehabt hätte.« Ich spürte, dass mein Kopf warm davon wurde, es zu wiederholen.

»Tut mir leid, dass du ihn so treffen musstest. Er war echt voll. Aber du hast das gut hingekriegt, hab ich gehört.«

»Joah. Aber es war eklig. Er hatte ja recht. Ich hab nie …« Meine Stimme wurde leise. Aber Carral lächelte, lehnte sich über den Tisch und legte die Hände auf meine Schultern.

»Hast du nicht? *Blimey*, eine Jungfrau! Das wusste ich nicht.«

Ich sah auf den Boden. Sie setzte sich wieder und fuhr fort: »Aber Jo, das ist doch gar kein Problem! Es ist doch nur eine Nebensächlichkeit. Und wir finden schon einen für dich.«

»Oh nein, bitte nicht. Jedenfalls keinen von deiner Arbeit.«

Carral lachte. Einen Moment lang sah sie frischer aus. Sie legte die Hand auf's Herz. »Ich versprech's.«

Ich fühlte mich erleichtert und ging, um meine Bücher zusammenzupacken. Hinter mir hörte ich Carral die Treppe zum Wohnzimmer hinaufgehen. Sie musste heute eindeutig nicht zur Arbeit. Als ich ihr »Mach's gut« zurief, antwortete sie nicht. Ich sah, wie sie sich oben auf dem Wohnboden gegen das Geländer lehnte und ihre Schultern nach vorne sanken, über das Buch. Dann öffnete ich die Tür, holte tief Luft, und spürte wie sich der ganze große, weiße Himmel in meinen Mund legte.

Franziska traf mich im Anschluss an das Seminar im Universitätspub.

»Eine Brauerei!«, sagte sie.

»Ja, ich frage mich, wie alt sie wohl ist.«

»Ich war auf einer Brauereitour an dem Tag, als ich hier angekommen bin. *Brew of the Bourne.*«

»War's gut?«

»Es war ätzend. Wir mussten Trinklieder lernen. Ich glaube, ich erinnere mich an eins ...«

Und Franziska sang ein paar Töne:

Then come, my boon fellows
Let's drink it around
It keeps us from the grave,
Though it lays us on the ground.

Mit der dunklen Stimme und dem schweren, deutschen Akzent klang das Lied düster und ernst, als ob es zwischen *the grave* und *on the ground* keinen Unterschied gäbe.

»Wollen wir ein Bier trinken? Es kommen noch ein paar aus der Gruppe …«

»Ich glaube, ich muss los«, antwortete ich. »Carral ist ein bisschen fertig. Ich hatte versprochen, ihr Abendessen zu machen.«

Als ich nach Hause kam, lag Carral ausgestreckt auf den Kissen im Mezzanin, schlafend. Der Bademantel hatte sich gelockert und war von ihr heruntergerutscht, und durch den weißen Baumwollstoff der Unterhose konnte ich eine dunkle, weiche Erhöhung sehen, ein Kressebeet aus Haar. Ihre Wange drückte gegen das Fenster, der Atem beschlug das Glas. Die Haut war gerötet, fiebrig. Ich beugte mich zu ihr herunter.

»Carral?«

»Hi.«

Sie streckte die Arme, knetete die kalte Wange.

»Immer noch nicht besser? Willst du was zu essen haben?«

Sie schüttelte den Kopf und zog den Bademantel über sich.

»Nur eine Tasse Tee, falls es dir nichts ausmacht.«

Ich nickte und ging in die Küche hinunter, füllte den Wasserkocher und öffnete eine Packung Kekse. Doch als ich mit ihrem Tee auf den Wohnboden zurückkam, war sie wieder eingeschlafen. Ich blieb eine Weile neben ihr sitzen und las mein Pensum, doch jedes Mal, wenn meine Finger an das Papier kamen, dachte ich an das Papier in *Moon Lips*, wie spröde und uneben es unter dem großen Fleck geworden war. Neben mir hatte die Tasse aufgehört zu dampfen, der Tee wurde kalt und Perlen aus Milchfett breiteten sich auf der Oberfläche aus. Die Flüssigkeit gerann entlang des Randes und begann zu sinken.

Carrals schwere Atemzüge zogen ihren Brustkorb hoch und ließen ihn in regelmäßigen Abständen wieder sinken. Es sah aus, als ob der Bauch, die Brust, der ganze Körper aufquoll und wieder zusammensank, wie ein weißer, glatter Hefeteig beim Gehen. Als ich mich schließlich neben ihr hinlegte, drehte sie sich plötzlich um, nahm meinen Arm und legte ihn um sich.

»Jo«, flüsterte sie. »Bleibst du bei mir?«

»Na klar.«

»Du hast keine Lust auszuziehen?«

Ihre Augen waren immer noch geschlossen.

»Aber nein.«

Carral lächelte. Dann zog sie mich an sich, fest, als ob sie mich in ihre Haut hineindrücken wollte.

Mein Arm liegt um Carral. Das ist die zweite Nacht, die wir im selben Bett schlafen. Durch das Geländer kann ich das gedämpfte Lichtspiel vom rotierenden Kronleuchter bei der Haustür sehen. Dann fallen mir die Augen zu, und die Lichtsplitter werden kleiner und kleiner bis das Dunkel undurchdringlich ist: Die ganze Wohnung wird mit schwarzem Fett zugeschmiert, als wären wir in einer verschmutzten Lunge.

Am Morgen stand ich auf und holte Milch und Toast. Unten in der Küche standen mehrere Teller mit Essen vom Vortag, die Carral eindeutig nicht angerührt hatte. Sie wollte auch kein Frühstück haben.

»Du hast doch überhaupt nichts gegessen«, flüsterte ich.

»Ich bin satt.«

»Aber von was?«

»Ich bin halt einfach irgendwie voll.«

Sie hatte recht. Ihr Bauch stand hervor. Ihr ganzer Körper hatte sich in den kurzen Stunden aufgebläht, und als ich mich zu ihr legte, konnte ich spüren, wie es ihr ging: Aus ihren Ohren hörte ich ein schwaches Rauschen, wie aus einer Muschel. Schloss ich die Augen, konnte ich hören, wie das ganze Haus knackte und wogte, als wären wir draußen auf dem Meer. Und etwas später am Vormittag waren wir es, die im Meer lagen und das Haus in uns trugen: Im Traum spürte ich Metall gegen die Halsgrube drücken und sah vor meinem inneren Auge, dass wir das Geländer verschluckt hatten, die Wasserhähne, die Fensterhaken, jedes einzelne Möbelstück im Haus.

»Heute Abend, wenn du dich besser fühlst, betrinken wir uns«, sagte ich. Carral öffnete vorsichtig die Augen und kicherte leise. »Das wird gut.«

Dann strich ich ihr über die Arme, die Oberschenkel, den Bauch. Zusammen füllten wir einander bis zum Rand und blieben in einem alles auslöschenden Dämmerschlaf liegen, wie Schlangen, die ihre verrottende Beute verdauen.

Pym

Später am Abend ging es Carral viel besser. Draußen war es ungewöhnlich mild, und wir saßen eine Weile oben auf der Dachterrasse, aßen Kekse und Brie und tranken billigen Wein aus dem Tetra Pak. Für jedes Glas, das ich trank, trank Carral drei, und nach einer Weile war sie ziemlich betrunken und stand schwankend neben der TV-Antenne wie ein Kapitän auf einem Seeräuberschiff. Hinter ihr lag Aybournes Meer aus verdunkelten, niedrigen Häusern mit Wellenkämmen aus elektrischem Licht. Sie winkte mich zu ihr herüber und legte den Arm um meine Schultern, fing eine Art unsicheren Tanz an und verschüttete den restlichen Wein aus ihrem Glas. Plötzlich hörten wir einige Schläge von unten aus der Wohnung. Carral hob den Arm, als ob sie dirigierte, die Bewegungen der Körper und des Weins und der Wolken anhielte, und deklamierte:

»Ich glaube, wir haben Besuch.«

Wir hörten weitere Schläge. Ich nahm ihren Arm.

»Ich hab keine Lust auf Besuch.«

»*Little Jo*, das ist bestimmt bloß der Nachbar.«

»Ich glaube nicht, dass uns jemand so sehen sollte.«

»Warum nicht?«

»Es ist dreckig hier. Und wir sehen komisch aus.«

»Wir sind Wein, wir sind Käse, wir sind Kekse.«

»Carral.«

»Komm schon. Vielleicht ist er was für dich«, sagte sie und sah mich an, zwinkerte ein paar Mal. Dann schwankte sie die Treppe hinunter, während sie vor sich hin summte. Ihre Schritte stapelten sich ungleichmäßig die Treppe hinunter und über den Küchenboden. Sie waren anders, klar und schwer, wie meine Schritte.

Und so stieß Pym von der Nachbarwohnung zu uns. Er war älter als wir, Anfang dreißig, und so groß wie Carral und ich zusammen: Ein großer, rotwangiger und breitschultriger Mann mit einer Whiskyflasche in der Hand. Sein Haar war dick und rot und mit Haargel hinter die Ohren zurückgekämmt. Das Hemd war halb offen. Auf der Brust wuchsen reichlich dicke, sonnengebleichte Haare. Er sagte, er sei aus einer kleinen Stadt weiter südlich mit Wellen und Bauern und Whisky, und arbeite hier als Journalist. Während er auf die Vertretungsstelle bei *The Aybourne Post* wartete, jobbte er auf den Apfelplantagen in Castlehill und schrieb ein paar ›eigene Sachen‹.

»Was studierst du?«, fragte er.

»Biologie, aber ich weiß noch nicht so richtig,

worauf ich mich spezialisieren soll. Ich habe gerade erst angefangen.«

»Klar tut sie das«, sagte Carral und stützte die Hände in die Seiten, immer noch in Piratenlaune. Sie fing laut an zu lachen und reckte ihre Nase, als würde sie etwas darauf balancieren. Pym sah sie eine Weile an, bevor seine Augen wieder zu mir glitten. Ich wollte ihn nicht ansehen und starrte einen Esslöffel an. Mein Auge starrte zurück, verkehrt herum.

»Wofür interessierst du dich denn am meisten?«, fragte Pym.

Carral war still, ganz damit beschäftigt, sich weiter und weiter auf ihrem Stuhl nach hinten zu lehnen und ich sah ein, dass ich wohl oder übel an diesem Gespräch teilnehmen musste. Ich sah von dem Löffel auf und direkt Pym an, der dasaß und sich am Kinn kratzte.

»Ich weiß nicht. Ich mag Mykologie.«

»Mykologie?« Ich hörte, dass er vor allem *myk* betonte.

»Pilze«, sagte ich, fuhr mit der Hand durch meine Haare und verspürte eine plötzliche Lust mich auch am Kinn zu kratzen.

»Und du? Was schreibst du so?«

»Es ist ein Roman, aber in Versen.«

»Ein Roman, uff«, antwortete ich.

R o m a n n, Johanna, R o m a n n, sang es in meinem Kopf, als ich wieder zu Pym hinübersah. Er hatte seine Whiskyflasche hochgehoben und füllte ein kleines Shotglas, das Carral hingestellt hatte.

»Willst du?«

Ich schüttelte den Kopf. Er goss trotzdem etwas in mein Glas. Der große, sommersprossige Oberarm spannte sich etwas, während er einschenkte. Ich war mir nicht sicher, ob ich mit beiden Händen um den Arm herum fassen könnte. Er bewegte sich die ganze Zeit, spannte seinen Körper an und entspannte sich wieder, und ich spürte, dass ich gegen meinen Willen die Muskeln in seinen Armen, seinem Nacken, seiner Brust verfolgte. Der Whisky schlummerte in meinem Weinglas. Er war braunrot und zäh und roch kräftig, genau wie Pym. Als ich einen kleinen Schluck nahm, überfiel mich der Gedanke, dass es von seinem Körper stammte, und ich musste husten. Ich stellte mir vor, dass er hinter meinem Rücken lächelte, als ich aufstand, um Teewasser aufzusetzen.

Die Spüle war voll mit Tellern und Gläsern, angetrockneten Essensresten, Tassen und Konservendosen. Ich stocherte ein bisschen in den Resten einer Bohne in Tomatensauce herum, während ich darauf wartete, dass das Teewasser kochte.

»Wovon handelt dein Buch?«, fragte ich.

»Du kannst es lesen, wenn du magst.«

»Literatur ist Carrals Ding.«

»Achso?«

»Absolut. Du solltest sie dazu bringen, es zu lesen. Nicht wahr, Carral?«

Ich drehte mich zu ihr um. Sie war in ihrer zurückgelehnten Position offensichtlich fast eingeschlafen und summte ab und an einen Ton vor sich hin, wie ein tropfender, heiterer Wasserhahn.

Ich goss Milch in den Tee und ging zurück zum Tisch.

»Vielleicht wollt ihr es beide lesen?« Pym beugte sich zu mir herüber. Eine Strähne des roten Haares fiel über sein Gesicht, teilte sein Auge in zwei. Ich zögerte.

»Biologie liegt mir eher.«

»Dieser Roman ist anders«, sagte Pym.

»Ach ja?«

»Er ist voller Natur, voller Fakten.«

»Hm.«

»Du kriegst ihn zu lesen.«

Ich stupste Carral in den Arm. Keine Reaktion.

»Carral ist voll.«

»*Sloshed*«, kicherte Carral mit steifen Lippen ohne sich zu bewegen.

»Ich glaube, ich muss sie ins Bett bringen.«

»Mir geht's gut, ich bleib hier«, sagte sie.

»Sicher?«

»Na klar! Ich will auch mehr über das Buch wissen … und darüber, was du studierst.«

»Das weißt du doch schon.«

Carral lehnte sich über den Tisch, zu Pym, und flüsterte: »Ich glaube, sie studiert mich.«

Ihre Hand lag auf meinem Arm. Ich spürte den Puls im Handgelenk pochen. Die Füße lagen gekrümmt unter dem Stuhl. Oben auf dem Wohnboden lagen die Abdrücke unserer Körper und glühten.

»Ist sie ein Pilz?«, grinste Pym mich an.

»Pilze werden nicht besoffen«, sagte ich. Ich sprach mit Carral. Er sprach mit mir. Carral sprach mit dem Küchentisch:

»Bin ich my-ko … my-ko … wie sagtest du, heißt das?«

»Mykologie.«

»… my-ko-lo-gisch?« Sie bemühte sich um jede Silbe, die Lippen waren wieder steif und ihre Wangen flatterten. Dann blinzelte sie einige Male und sah so aus, als ob sie jedes Mal, wenn ihre Augen geschlossen waren, gleich einschliefe, wie eine Lampe, die dabei ist auszugehen. Zuletzt legte sie den Kopf vorsichtig auf die Tischplatte und schlief ein.

Die Glühbirnen schaukelten über uns und ließen unsere Schatten vor und zurück über den Küchentisch wippen. Bei der schummrigen Beleuchtung konnte ich in Pyms Haaren dunkle Streifen von den Zinken des Kamms sehen. Die Wände waren unscharf und die Brauerei schien offen wie eine gigantische Halle zu sein. Die Krümel unten auf dem Küchenboden glitzerten.

»Hier kriegst du den Anfang des Buches zu sehen«, sagte Pym und fing an, auf einer Serviette zu schreiben. Er hielt einen Stift zwischen den dicken Fingern und spannte den Rücken über dem dünnen Papier. Ich stellte mir seinen schreibenden Rücken vor, die Muskeln, die sich verflochten, während er schrieb.

Ein paar Schlucke Whisky später war die Serviette voll ordentlicher Schrift. Pym hielt den Stift wie einen Nagel zwischen Daumen und Zeigefinger, piekste sich über dem Papier in den Handrücken. Meine Hände lagen um die Teetasse. Dann reichte er mir die Serviette.

»Es ist eine Art Geschichte über ein Mädchen, in Reimen.«

Ich nahm die Serviette entgegen, glättete sie, spürte sie an meiner Handfläche kleben.

»Also, noch nicht fertig.«

Er war eindeutig ein wenig nervös, denn er schüttete mehr Whisky in sein Glas und kippte es in einem Schluck hinunter.

She, las ich, creates the world.

Ich spürte das Blut in meine Wangen strömen, Salz in meine Augen.

The world of biology.
Puts emotion in honey jars
with spiders and bees.
Can't see the difference
between people and trees.

Durch das leere Glas vor ihm sah es aus, als ob seine Haut leuchtete, von weit weg her. Ich wusste nicht, was ich sagen sollte, also las ich es nochmal, als sei ich schwer von Begriff.

»Wie findest du's?«, fragte er.

»Ich kapiere das nicht. Bin ich so?«

»Ich habe nur geschrieben, was ich glaube.«

»Das könnte doch sonst wer sein. Irgendeine Studentin.«

»Ich hätte dich auch beschreiben können. Dein Haar.«

»Nee, nee. Kein Haar. Keine Augen. Und keine *Lippen*.«

Ich lächelte, versuchte zu lächeln, und merkte, dass ich etwas Falsches gesagt hatte. Ein Wort zu viel: Lippen. Das Wort brachte einen Schwall von Gedanken mit sich: sie ablecken, in sie hineinbeißen, sie küssen. Ich stellte mir vor, wie ich mich in seinem braunen Nacken festbiss, konnte nicht aufhören zu denken, *jetzt passiert es*, *Johanna*, *jetzt passiert es*, und war sicher, dass er es von meinen Lippen lesen konnte. Die Muskeln in seinen Schultern schwollen an, als er den Kopf vorlehnte.

»Ah, ich verstehe. Du bist Feministin.«

»Das hab ich nicht gesagt, ich finde nur, du hast genug geschrieben.«

»Ich wollte dir nur ein Kompliment machen. Du hast schöne Lippen«, sagte er, als würde er dem Gedicht noch eine Zeile hinzufügen. Ich starrte aus zusammengekniffenen Augen zurück und sog meine Lippen ein, wie um sie vor seinem Mund zurückzuhalten. Im Kopf pochte *Moon Lips*:

> Die Lippen waren rund und saftig wie eine Kirsche.

Ich wandte mich zu Carral um, doch neben mir stand nur ein leerer, brauner Küchenstuhl. Sie musste gegangen sein und sich hingelegt haben.

Wenn ich zurückdenke, kann ich mich erinnern, dass ich das Geräusch von jemandem hörte, die Zähne putzte, herunterspülte, und hoch auf den Schlafboden tappte, während ich auf Pyms Serviette las. Ich erinnere mich an den Klang eines knarrenden

Bettes und eines tiefen Seufzers von der anderen Seite der Spanplattenwand. Das alles kam zurück, später, als ob meine Sinne am Küchentisch Pym gegenüber betäubt gewesen wären. Denn damals und dort war sie plötzlich einfach weg.

Pym und ich sitzen einander gegenüber wie zwei unsichtbare Grinsekatzen im Mondlicht. Er greift das Whiskyglas, leert es in einem Zug. Ein Tropfen bleibt auf seiner Unterlippe, breitet sich zu winzigen Whiskyperlen aus, als er lächelt.

»Ihr seid zwei komische Mädels.«

»Ach?«

»Carral sah ein bisschen krank aus.«

»Sie ist nur voll.«

»Und du bist ein Sonderling. Kalt und blass wie eine Perle.«

»Das hast du erfunden«, sage ich und stehe auf, um ihm zu signalisieren, dass er gehen sollte, aber stattdessen gehe ich langsam um den Tisch herum, strecke die Hand aus, und sehe sie im Licht einen Augenblick lang an, als ob mich die Bewegung überrascht. Die Hand sieht blass aus, fast durchsichtig.

Dann lege ich die Hand auf seinen Kopf, lasse die Nägel den Spuren des Kamms durch das Haar folgen, ganz bis zu den rotblonden Spitzen im Nacken, den Schultern. Ich beuge mich hinunter und stecke meine Zunge in sein Ohr, kitzle die kleinen Haare auf den Ohrläppchen, lasse sie am Kiefer entlang bis zur Kinnspitze gleiten, folge ihr hinauf zum Mund und fange an, an seiner Unterlippe zu saugen. Sie ist warm. Dann lasse ich los und gleite weiter, lasse die Lippen über die keinen Tag alten Bartstoppeln streifen. Sein ganzer Körper wird mit meiner Spucke gezeichnet, er wird befeuchtet und gewärmt und die Muskeln spielen. Und mit jedem Stück, das ich auf seinem Körper ablecke oder küsse, wird er vor mir weniger, als ob ich ihn mit meinen Lippen ausradiere, als ob sein Gesicht in meinem verschwindet und nur die Haut weiß und blank zurückbleibt, wie die leere Sonnenuhrscheibe vor dem Rathausgebäude.

Seeschnecken

Die Brauerei stank nach Zigarettenrauch, Whiskyatem und Schweiß der vorherigen Nacht. Ich stand am Spülbecken und schloss die Augen. In meinem Kopf brannte es, und ich versuchte mir vorzustellen, dass es die Erinnerungen an Pyms Körper waren, die Feuer fingen, dass er sich zusammenrollte wie Papier und zu einem kleinen Klumpen schmolz. Doch als ich die Augen wieder öffnete, war die Luft genauso schwer und die Erinnerungen waren noch genauso stark. Das Leitungswasser schmeckte dick und salzig. Ich stellte mir vor, dass sich das Becken mit Seesternen und Muscheln füllte.

»Und, wie lief es mit Pym und Jo?« Carral stand hinter mir mit einem Glas in der Hand. Ich hatte sie nicht kommen hören.

»Dir auch einen guten Morgen.«

Sie lächelte und knuffte mich in den Arm.

»Komm schon. Gib's zu. Du magst ihn.«

Ich entzog mich ihr und ging zum Kühlschrank, zog die Tür heftig auf, nahm einen Karton Apfelsaft heraus.

»Nein, ich glaube nicht, dass ich ihn mag.«

Carral legte den Kopf schief. »Er mochte dich schon.«

»Ach ja?«

»Er hat ja für dich geschrieben, und außerdem …«

Ich goss den Saft in ein Glas und nahm einen großen Schluck, um den Salzgeschmack herunterzuspülen. Der Saft schmeckte leicht vergoren.

»Hast du gesehen, *was* er geschrieben hat? Das war ganz schön merkwürdig, und *er* ist ganz schön merkwürdig«, sagte ich und fragte mich, ob sie mir ansehen konnte, was passiert war. Mein Körper fühlte sich durchsichtig an wie eine Ohrenqualle.

»Du warst ein bisschen streng«, fuhr sie fort.

»Und du warst *sloshed*«, sagte ich. »Pym dachte, du wärst krank.«

Ich nahm noch einen Schluck. Der Gärgeschmack war stärker und ich dachte an die verrottenden Äpfel draußen im Kompost. Carral starrte mich an und folgte dem Saft mit den Augen, der in meinem durchscheinenden Ohrenquallenhals herunterlief.

»Ich war doch nur betrunken«, sagte sie, hielt aber inne und sah eine Weile nachdenklich aus, und als sie das nächste Mal sprach, klang sie etwas unsicher: »Ich erinnere mich an nichts mehr, nachdem wir uns an den Tisch gesetzt haben.«

»Ich auch nicht«, sagte ich.

Auf gewisse Weise stimmte das. Ich konnte nicht sicher sein, was eigentlich passiert war, nachdem Carral sich hingelegt hatte. Ich erinnerte mich an Pyms Körper, den Geschmack seiner Haut, und meinen Kopf, der verkündete: *jetzt passiert es, Johanna, jetzt passiert es*, aber das war alles. Ich hatte keinen Muskelkater, so wie ich gelesen hatte, dass es nach dem ersten Mal Sex der Fall sein sollte. Zwischen meinen Beinen war alles wie immer, kein Schmerz. Ich konnte keine Spur seines Körpers auf mir finden, konnte nichts Fremdes riechen, als ich die Finger in die Unterhose steckte und dann daran roch.

Carral und ich verbrachten den restlichen Morgen in Stille auf dem Wohnboden. Sie wirkte ruhiger und frischer als seit Tagen, tunkte Brotstücke in weichgekochtes Eigelb und trank Milch aus einem großen Glas. Ihre Haut war wieder trocken und glatt. Die Brustwarzen waren unter Lage um Lage von Baumwolle versteckt, wie sie es üblicherweise waren. Zwischen uns wurden keine weiteren Worte über die Pym-Episode gewechselt, doch der gestrige Tag hing weiterhin zwischen uns. Mehrere Male traf ich ihren Blick, wenn ich aufsah, und wir studierten das Gesicht der jeweils anderen für einen kurzen Augenblick, bevor wir uns wieder in die Bücher vertieften.

Es wurde Nachmittag. Carral las in *Moon Lips* und saugte an ihrem Zeigefinger. Ich versuchte, *Introductory Mycology* zu lesen, saß aber nur da und starrte auf eine der ersten Seiten. Hier wurden die Bestandteile von Pilzen aufgelistet, fast wie eine Anleitung, und während ich die verschiedenen Worte las, sah ich Pyms Körper vor mir: Fruchtkörper (die Oberarme), Hyphen (die Sommersprossen), Mycelfäden (die Haare auf dem Brustkorb) und Chitin (die harte Beule, die sich unter seiner Jeanshose an mich presste), aber weiter kam ich nicht. Als ich versuchte mich zu erinnern, wie Pym nackt aussah, wie sein Schwanz aussah, tauchte in meinem Kopf nur ein Abschnitt aus *Moon Lips* auf:

> Zum ersten Mal berührte sie sein Geschlecht. Es war seidenweich und steif zugleich.

Die Worte hatten sich in meinem Kopf festgebrannt, wie ein Ersatz für die Erinnerung mit Pym, die ich nicht mehr aufrufen konnte, oder die vielleicht auch gar nicht passiert war. Und um mich herum roch die Brauerei nach Whisky, saurem Schweiß und Pyms sommersprossiger Salamihaut. Der Salzgeschmack des Leitungswassers saß mir immer noch im Hals. Es war, als ob die ganze Brauerei mit ihren Wänden und Rohren versuchte, mich zu überzeugen, dass das, was mein Körper nicht richtig beweisen konnte, dennoch geschehen war.

Neben mir versuchte Carral, die Seiten in *Moon Lips* auseinander zu bekommen. Sie musste genau zu der Stelle gekommen sein, wo der Fleck war. Nach einem leichten Ratsch mit ihrem Messer glitten die Seiten auseinander, und sie blätterte um und seufzte leicht. Vor mir lag mein Artikel mit seinen bunten Bildern von dicken Pilzstielen und -hüten, und ich schaffte es überhaupt nicht mehr ihn zu lesen, saß nur da und lauschte ihrem Atem, riet, wie weit sie wohl schon gekommen war. Ich merkte nicht, dass sie sich bewegt hatte, bevor ihr Gesicht meinem ganz nahe war.

»Ich glaube, das ist er«, sagte sie. »Sollen wir aufmachen?«

Es hatte an der Tür geklopft.

»Bin ich zu schnell gekommen?«, fragte Pym. »Ich meine, zu früh, ich meine ...«

Er hatte sich geduscht und gestylt. Sein Atem roch durch einen heftigen Parfümgeruch hindurch schwach nach Whisky. Die Oberarmmuskeln waren unter einem karierten Hemd verborgen. Ich spürte, wie sämtliche Spucke aus meinem Mund verschwand, wie meine Zunge eintrocknete und in meinem Gaumen zusammenschrumpfte.

»Es passt etwas ...«, sagte ich, schaffte es aber nicht weiterzusprechen, und neben mir sagte Carral neckend: »Back for more?« Dann lächelte sie und fuhr fort: »Nein, Spaß. Schön, dich zu sehen. Du musst uns übrigens helfen, uns daran zu erinnern, was gestern passiert ist. Ich erinnere mich nämlich nicht, und Jo sagt, sie auch nicht.«

Pym zögerte.

»Wir waren halt einfach besoffen«, sagte ich. Meine Stimme fühlte sich rau an.

»Ja, das stimmt wohl«, sagte er mit einem unsicheren Lächeln. »Ich weiß nicht, ob ich eine bessere Version habe.«

Ich starrte angestrengt auf den Boden, aber ich wusste, dass er mich ansah, ich konnte seine Augen über die Wange und den Hals und die Brust gleiten spüren und verschränkte die Arme vor den Brüsten.

Wir gingen vor. Er setzte sich höflich auf einen Küchenstuhl und schüttelte sich das Haar aus dem Gesicht. Meine Haut fühlte sich wieder durchsichtig an.

»Ich hab das hier mitgebracht«, sagte er und holte ein zusammengerolltes Schreibheft aus der Tasche, platzierte es auf dem Tisch. Glänzende Fettflecke von seinen Fingern blieben auf dem Umschlag zurück.

»Ist das dein Roman?«, fragte Carral.

»Ja. Ist nicht so lang. Ist nur ein kleines Buch. Es dauert, in Versen zu schreiben …«

Ich sagte nichts.

»Wollt ihr es lesen?«, fragte er, und sah erst mich an und dann sein Heft. Der Whiskyatem wurde stärker, süßer, detaillierter.

Er zog sie auf sich wie eine warme, runde Scheide, sang es aus *Moon Lips* in meinem Kopf.

»Ich weiß nicht …«, sagte ich.

»Na klar«, sagte Carral.

»Es geht ein bisschen um euch. Oder um welche wie euch.«

Ich sah auf das Schreibheft hinunter und es verursachte mir Übelkeit, so wie die vagen, wogenden Erinnerungen der vorigen Nacht mir Übelkeit verursachten. Mein Kiefer versteifte sich.

»Erschaffe ich die Welt?«, fragte ich.

Pym lächelte ein wenig, zuckte mit den Schultern. »Es ist auf jeden Fall etwas feministisch.«

Ich stand auf.

»Eigentlich müsstest du jetzt gehen, damit wir zum Lesen kommen.«

»Ja, das sollte ich wohl.«

Er sah ein wenig verletzt aus. Ein Muskel zuckte unter der Haut an einem seiner Handgelenke wie ein kleines, eingesperrtes Tier, und als er vom Küchenstuhl aufstand, sah er zusammengesunken aus. Ich nahm das Heft hoch, strich mit den Fingern über den Umschlag. Es sah in meinen Händen viel größer aus als in seinen. Das Papier wirkte leicht vergilbt.

»Ja, danke«, sagte ich ohne aufzublicken, und als ich schließlich aufsah, stand ich allein in der Küche. Carral war zurück im Mezzanin mit *Moon Lips*. Später hatte ich das Gefühl, dass mehr gesagt worden war, bevor sie gingen, etwas, das sich aufgelöst hatte und verschwunden war, bevor es mich erreichen konnte.

Draußen war der Tag papierweiß und trocken. Ich ging die Allee entlang, über den Asphalt unter den Straßenlaternen, die blind im Tageslicht hingen. Oben auf der langen Wendeltreppe des Silos blieb ich bei einem zerbrochenen Fenster stehen und sah zum Dach der Brauerei hinüber. Auf dem Küchentisch dort drin lag Pyms Schreibheft noch immer ungeöffnet, und mit dem Gedanken daran lehnte ich mich aus dem leeren Rahmen hinaus und spuckte einen warmen, weißen Fleck auf die Straße. Es war Pym, den ich ausspuckte, dachte ich, und der Gedanke half ein bisschen. Ich spuckte weiter, bis sich eine schleimige kleine Lache auf der Straße gebildet hatte. Die Kleckse trafen mit einem schwachen Klatschen auf den Boden und sie summten für mich: *Pym ... Pym ... Pym ... Pym*. Danach ging ich zurück in die Brauerei und sah Carral immer noch oben im Mezzanin in *Moon Lips* lesen. Ihr Kopf war so nah am Buch, dass das Papier gegen ihre Nase stieß, wenn sie umblätterte. Auf ihrer Brust sah ich einen schwachen, feuchten Fleck.

Als ich mich am Abend hinlegen wollte, hatte ich meine Tage bekommen, und ich blieb auf der Toilette sitzen und starrte auf die dicken Blutstropfen, die von meinem Schritt in die Schüssel hinuntertropften. Das Blut war alt, wie immer am ersten Tag meiner Periode, und die Tropfen waren zu schwarzen, zähen kleinen Klumpen geronnen. Es hat mich schon immer erschreckt, dass ich das Blut nicht aufhalten kann, es tropft einfach in einem Rhythmus jenseits meiner Kontrolle aus mir heraus, und jetzt wurde jeder Tropfen in ein Echo gehüllt: Von der Emaille, von den Spanplatten, von den harten Ziegelmauern. Sie flüsterten mir zu:

Jo … Jo … Jo … Jo …,

als ob ich in den Raum auslief und mich auflöste, durch meinen eigenen blutigen Schritt hinausrann wie schwarzer Saft aus einem verrotteten Kerngehäuse.

Schwimmhaut

Ich wachte davon auf, dass ich fiel, oder schon gefallen war, denn ich lag auf den rauen Holzbohlen des Schlafbodens. In meinem Kopf sang das Echo eines dumpfen Knirschens, wahrscheinlich das Geräusch, mit dem mein Körper von der Matratze auf den Boden gefallen war. Das Geräusch bildete eine lange, dunkle Wendeltreppe aus Klang, die ich hinunterfiel. Um mich herum blitzten Fragmente eines Traumes auf, aus dem ich geweckt worden war. Das Brummen des Kühlschranks unten in der Küche klang wie brausende Wellen.

Als ich mich wieder zurück auf die Matratze legte und die Augen schloss, dämmerte mir allmählich der Traum. Ich hatte dagestanden und über die Wand des Schlafbodens in die Küche hinuntergeblickt, die keine Küche war, sondern ein nebliger, schöner Wald mit Nadelbäumen und Blaubeersträuchern. Zwischen den Bäumen war eine Truppe verschwitzter Arbeiter damit beschäftigt gewesen, eine dicke, rauchende Flüssigkeit von den Baumstämmen in Holzfässer zu gießen, es musste Bier gewesen sein, denn es roch stark, und der Dampf hatte den ganzen Raum ausgefüllt und meine Haut feucht und klebrig gemacht. Plötzlich hatten mir alle Arbeiter ihr Gesicht zugewandt, und sie alle hatten Pyms Gesicht. Sie begannen zu singen. Ihre Stimmen klangen wie ein brausender Wasserfall. Der Gesang hatte sich in meinen Hals gelegt wie eine Flüssigkeit, als wäre ich ein Bierfass.

»Jo«, sangen sie, »Jo, Jo, Jo …«

»Jo?«, flüsterte es im Dunkeln. Ich musste wieder eingeschlafen sein. Mein halber Körper war nass, die Haut warm und feucht an einer Seite.

»Carral?«, flüsterte ich.

Sie lag wieder hinter mir auf der Matratze, dieses Mal eng an mich geschmiegt und ohne Kleider, und ich spürte, dass sie weinte. Ich drehte mich um und tastete durch das Dunkel, fand ihren Kopf, strich ihr über das Haar. Die Kopfhaut war nass.

»Was ist denn los?«, fragte ich.

Sie antwortete nicht. Ihr Oberkörper zuckte unter Schluchzern.

Zuerst hatte ich gedacht, dass es Schweiß war, doch als ich richtig wach wurde, erkannte ich den kräftigen, bitteren Geruch von Urin. Ein dünner, warmer Strahl rieselte von Carrals Körper gegen meinen Oberschenkel.

»Was machst du da?«, sagte ich und setzte mich auf. Es tropfte von meinem Unterhemd und der

Unterhose, das Federbett war warm und nass und schwer.

»Ich schaff's nicht ...«, flüsterte Carral. Der Strahl gegen meinen Schenkel wurde kräftiger, als ob sie den Versuch aufgab es zurückzuhalten. Die Flüssigkeit sickerte zwischen meine Beine. »Schaff's nicht ... einzuhalten ...«

Ich begann mich an das Licht zu gewöhnen, ihre Konturen wurden klarer. Schweißperlen glitzerten auf ihrer Stirn, dem Hals, dem Nacken, den Hüftknochen. Kleine Mohnsamen.

»'Tschuldige, dass ich hier hoch gekommen bin. Ich hab so Angst bekommen... und bin so erschöpft.«

»Ist schon in Ordnung. Hast du Fieber?«

»Ich weiß nicht. Ich glaube nicht.« Die Stimme war ein Wimmern.

»Das wird schon. Wir ziehen uns um und duschen und legen uns ins Wohnzimmer.«

»Ok«, sagte sie, blieb aber auf der Matratze liegen. Ich spürte, dass sie mit dem Gesicht im Kissen leicht nickte.

»Tut es weh?«

»Nein ... ich bin nur so fertig.«

»Sollen wir ein bisschen warten?«

»Ja. Bis ich es schaffe aufzustehen.« Sie begann wieder zu schluchzen.

Also lag ich noch eine Weile da und der Urin zog in die Matratze und die Haut ein, der Geruch wurde stärker. Ich streichelte weiterhin Carrals Körper, erst die Wange, geschwollen und nass, und danach ihre Hand. Dann wurde ich mutiger und strich über ihren nackten Rücken, ließ meine Finger die Rippen wie Treppenstufen zu ihrem Hals hinaufgehen. Wo an Pyms Körper alles anschwellend war, als ob unter seiner Haut etwas war, dass die ganze Zeit hinausdrängte, war Carrals Haut sanft und ruhig wie eine Wasserfläche. Sie ließ mich sie streicheln, blieb ganz still liegen.

Dann legte ich mich wieder ganz nah neben sie. Unsere Körper trockneten zu einer Handvoll Kristallen.

»Jo? Kannst du was Nettes erzählen?«, fragte Carral nach einer Weile. Ihre Stimme war etwas unsicher.

»Was denn?«

»Egal was ... eine Geschichte aus Norwegen oder sowas.«

»Ich versuch's mal. Ich kann vom coolsten Mädchen in meiner Klasse in der Grundschule erzählen. Willst du was über sie hören?«

»Klingt gut.«

»Sie hieß Emma«, erzählte ich, »und ich war mal bei ihr zu Besuch. Sie fragte, ob ich mich trauen würde, mich nackt mit ihr ins selbe Bett zu legen.«

»Wie alt warst du?«

»Sieben vielleicht? Ich war in der ersten Klasse. Als ich klein war, sind wir in Norwegen erst mit sieben eingeschult worden. Jedenfalls sagte ich, dass ich das machen würde, ich wollte, dass sie glaubt, ich wäre genauso cool wie sie.«

»Hattest du Angst?«

»Ein bisschen. Wir haben uns ausgezogen und auf ihr Bett gelegt. Und dann sagte Emma, dass wir davon schwanger werden könnten.«

»Davon, so dazuliegen?«

»Ja.«

Ich konnte Carral vorsichtig glucksen hören.

»Hast du ihr geglaubt?«

»Nein. Wobei, ich wusste schon, was Sex ist, aber sie klang so absolut sicher. Naja, das coolste Mädchen hat irgendwie immer recht. Also hab ich Angst bekommen und mich wieder angezogen.«

»Und, bist du schwanger geworden?« Carral flüsterte jetzt nicht mehr.

Ich konnte spüren, wie sich ihre Brust in einem leichten Lachen gegen meinen Rücken bewegte.

»Nicht dass ich wüsste.«

Als wir aufstanden und alle nassen Sachen in die Waschmaschine stopften, war meine Haut kalt und klebrig geworden, wie Fischhaut. Selbst nach einer

Dusche roch ich noch schwach nach Urin. Auf den Wohnzimmerkissen liegend, mit einer unruhigen Carral in den Armen, fragte ich mich, warum ich in der ersten Klasse in Emmas Bett solche Angst bekommen hatte. Ich dachte daran, wie ich später am selben Abend am Abendbrottisch gesessen hatte mit all meinen Kleidern an, selbst dem Mantel. Trotzdem hatte ich mich durchsichtig gefühlt. Ich hatte mir eingebildet, dass ich etwas in meinem Bauch wachsen spüren konnte, etwas, das kein richtiger Fötus werden würde, sondern etwas viel Schlimmeres: eine schwarze, tote und verrottete Frucht.

Der Hallimasch

Der Winter kam nach Aybourne: Verrottender Tang trocknete und schrumpfte zu gefrorenen Garnklumpen unten am Strand. Vom Fensterplatz im Mezzanin sah ich, wie sich das Parkhaus leerte und füllte, leerte und wieder füllte, und die wartenden Fahrgäste an der Straßenbahnhaltestelle trugen immer dickere Jacken. Die Einkaufsstraßen unten in der Stadt wurden mit Lichterketten behängt, deren Lämpchen wie Schneekristalle aussahen. Aber es kam kein Schnee, so wie in Norwegen, und wenn ich drinnen saß, wirkte der Fensterrahmen mehr und mehr wie ein Rahmen um eine alte, verblichene Fotografie: Das Gras draußen wurde braungelb, die Baumstämme grau und der Himmel weiß. Selbst die Kleider auf den Wäscheständern der Nachbarn verloren die Farben. Ein Mal war ich sicher, dass ich Pym unten auf der Straße gesehen hatte, aber jedes Mal, wenn er sich mir zuwandte, sah sein Gesicht verwaschen und leer aus.

Während draußen der Winter begann, wurden wir drinnen in der Brauerei vom Sommer überfallen, als ob die Wände nicht nur die Innenwelt von der Außenwelt, sondern auch zwei verschiedene Ökosysteme trennten. An den Fußleisten wuchs Gras aus dem Boden. Entlang der Risse in den Ziegelwänden entstanden kleine, gelbe Moosflecken. Weiße Spinnen woben einen schimmernden Pelz um die Balken, und eine Schicht grünlich weißer Schimmel ließ die Brotkrümel auf der Küchenzeile zu einem kleinen Teppich zusammenwachsen. Ich versuchte, die kriechenden Spuren abzuwaschen und die Halme wegzuschneiden, aber Carral schmiegte sich an mich, nahm den Lappen und die Schere aus meinen Händen, und schüttelte den Kopf.

»Davon wird es nur schlimmer«, sagte sie. »Ich sage dem Hauseigentümer Bescheid, die können Leute von einer Reinigungsfirma beauftragen. So macht man das hier.«

Doch es wurde nichts gemacht, und Carral wirkte zufrieden damit. Sie fand Insekten nicht mehr eklig: Eine Ameise durfte in Frieden über ihre Hand kriechen, wenn sie in *Moon Lips* las, und sie bewegte sich nicht, als eine der weißen Spinnen über ihre Halsgrube krabbelte, sie saß einfach nur mit dem Zeigefinger an den Lippen da und las. Als ich das nächste Mal von meinem Buch aufsah und zu ihr hinüberschaute, war die Spinne weg und ihr Mund halb offen.

Ich ging weiterhin zu Vorlesungen, und jedes Mal, wenn ich hinaus ging, fühlte es sich an, als ob ich eine Schwelle zwischen Traum und Wirklichkeit, Schlaf und wachem Zustand überquerte. Draußen war es kalt und klar, und wenn ich abends in die Wohnung zurückkam, erschien sie mir wie ein gigantischer, warmer Kokon. Carral hatte fast vollständig aufgehört rauszugehen. Sie wurde mehr und mehr ein Teil der feuchten Hitze in der Brauerei. Ihre Vertretungsstelle bei Sachs & Sachs war ausgelaufen, und sie hatte noch keinen neuen Job gefunden.

»Vielleicht verreise ich stattdessen ein wenig«, sagte sie, als ich sie fragte, was sie vorhatte. »Nach Süden. Ich hab ein bisschen Geld angespart.« Doch sie blieb zu Hause und schickte mich zum Einkaufen in den Laden und zum Bezahlen von Miete und Strom zur Post. Immer häufiger saß sie am Fenster auf dem Wohnzimmerboden und sah fern, als ob sie über die Brauerei wachte und ihren Platz nicht verlassen konnte. Sie erwähnte die Reisepläne nicht noch einmal. Und sie passte auch auf mich auf: Immer öfter wachte ich auf mit ihrem Körper eng an meinem, feucht, milchartig.

Es war immer sie, die zu mir kam, doch es war ich, die neben ihr wach lag, während sie schlief. Ich hörte, wie die Locken über ihre Wange herunterrutschten und wie die Haut weich ins Kissen gedrückt wurde, wenn sie es sich bequemer machte. Wenn sie ein Knie anhob und es meinen Oberschenkel berührte, spürte ich, wie sich ein warmes und kaltes Zittern von dort in meinem ganzen Körper ausbreitete. Aber meistens lag ich da und fühlte den Rhythmus ihres weichen Atems an meinem Nacken. Manchmal war ich mir sicher, dass ich dort, wo sie hingeatmet hatte, kleine Sprossen unter der Haut auskeimen spürte.

Auch aus den Spanplatten schossen Sommertriebe ins Haus. Als ich eines Tages in der Badewanne lag und dabei war, über *Moon Lips* einzudösen:

> Er ließ die Hand vorsichtig ihre feuchten, schwellenden Lippen berühren …,

spürte ich plötzlich, wie meine Hand am Rand der Badewanne etwas streifte, das sich wie dünne, feuchte Haut anfühlte. Ich drehte mich um, und blickte direkt in ein weißes, stierendes Auge: Ein Pilz, noch leicht zitternd von der Berührung, war aus der schmalen Ritze zwischen Badewanne und Spanwand herausgewachsen. Die warmen Sporen von der Oberfläche schmolzen auf meinen Fingern zu Schleim, schlichen sich zwischen die Rillen der Haut.

Nach dem Bad wärmte ich in der Küche Milch für Carral auf, und hatte den Gedanken, dass es der Pilz war, der geschmolzen und blubbernd im Kessel lag.

»Hast du den Pilz gesehen?«, fragte ich, als ich wieder auf dem Wohnboden war.

»Ein Pilz? Wo?«

Sie hielt den Becher mit Milch mit beiden Händen, pustete vorsichtig.

»Im Bad, in der Badewanne.«

»Meine Güte, nein, der muss schnell gewachsen sein.«

»Pilze wachsen sehr schnell. Die können tatsächlich innerhalb weniger Stunden auswachsen.«

Carral nickte und nahm einen langsamen Schluck Milch, und als sie schluckte, spürte ich etwas Warmes und Schleimiges und Weißes im Hals. Ich hustete. Sie drehte sich zu mir um.

»Nimm ihn nicht weg.« Sie sah ernst aus und fügte hinzu: »Ich meine, das ist ein guter Beweis für die Schimmelschäden, wenn die Reinigungsfirma kommt.«

»Ok«, räusperte ich mich. »Wir können ja mal sehen, wie groß er wird.«

»Können wir machen. Meinst du, der ist essbar?«

Carral kicherte. Als sie ihre Zunge in die Oberfläche der warmen Milch tunkte und die Haut herausfischte, fühlte ich meine eigene Zungenspitze warm werden, und als sie den Mund wieder schloss, konnte ich die Milchhaut fast an meinem Gaumen spüren wie schleimiges Zigarettenpapier.

Und als sie in der Nacht zu mir kam und mir wieder in den Nacken atmete, spürte ich dieselbe feuchte Haut an meiner zerschmelzen, wie vorher bei dem Pilzhut. Ich rührte mich nicht und ließ mich von ihr einkapseln.

Der Leuchtturm

Tautropfen liefen die Säulen hinunter. Das Geländer war schleimig und feucht. Carral saß oben im Mezzanin auf einem Haufen Kissen und sah fern, ohne Ton, so dass nur das Brummen des Geräts zu hören war und kurzes Flimmern, wann immer das Bild sich änderte. Sie sah nicht auf, als ich mich neben sie setzte. Ihre Lippen waren fest zusammengepresst und sie sah fast gefroren aus, doch als ich meine Hand auf ihren Arm legte, war ihre Haut nicht kalt, nur durchscheinend, als ob sie dünner geworden wäre. Unter der Blässe konnte ich rosa Fleisch und ein feines Netz von Adern sehen, die im Fernsehlicht neonartig glühten. Auf dem Bildschirm sah ich einen Mann mit einem langen Schwert in der Hand vor drei Frauen stehen. Sie schien wieder *Charmed* zu gucken, denn als der Mann auf die Frauen zeigte, verwandelten sich ihre Gesichter in rote, raubtierartige Teufelsköpfe.

Neben Carral lag *Moon Lips*. Nach einer Weile griff sie danach und begann an dem Umschlag herumzunesteln.

»Wie läuft's an der Uni?«, fragte sie plötzlich, ohne sich vom Fernseher wegzudrehen.

»Läuft gut«, antwortete ich.

»Hast du da ein paar Freunde gefunden?«

»Ja, ein paar. Aber die meisten Studenten sind sehr jung.«

Carral öffnete *Moon Lips* und ließ den Zeigefinger über den Fleck auf dem Papier gleiten, den ich auch berührt hatte. Dann führte sie den Finger zum Gesicht und roch daran.

»Gibt es jemanden, den du besonders magst?«

»Ja, schon. Ich verbringe viel Zeit mit Franziska, der Deutschen, von der ich erzählt hatte. Und dann hängen wir noch mit ein paar Typen aus dem Chemiekurs rum.«

Auf dem Bildschirm begannen die Raubtierfrauen blasser zu werden, als ob sie durchleuchtet wurden. Dann verschwanden sie eine nach der anderen in der Klinge des Mannes, eingehüllt in weißen Nebel.

»Endlich! Das war das Ende der Dämonendamen«, flüsterte Carral und steckte den Zeigefinger in den Mund.

Der Mann steckte das Messer in die Lederhülle, die an seiner Seite hing, und faltete die Hände.

»Vielleicht bringst du ja mal ein paar deiner Freunde mit her«, sagte Carral mir zugewandt.

»Du kannst auch heute Abend mit mir weggehen, dann kannst du sie selber treffen«, antwortete ich und fing an, meine Sachen zusammenzusammeln. Ich hatte keine Antwort erwartet, und erst recht nicht, dass sie Ja sagen würde, aber als ich etwas später im Bad stand und mein Gesicht wusch, tauchte sie in Kleid und Strumpfhosen hinter mir auf und sagte nur: »Ich bin jetzt so weit.«

Draußen auf der Straße ging ich voran, und Carral folgte mir, als ob sie meine Fußspuren brauchte, um hineinzutreten. Es war das erste Mal, dass ich sie mitnahm, und das erste Mal seit Langem, dass sie die Wohnung verließ.

»Es ist kalt«, sagte sie und schauderte ein wenig.

Der Asphalt fühlte sich leicht und glatt unter den Füßen an, alles hier draußen war fest und trocken, verglichen mit der feuchten, warmen Luft in der Brauerei. Doch selbst wenn Aybournes Straßen an denselben Stellen verliefen wie zuvor und die alten Ziegelgebäude dieselben Läden und Büros beherbergten, fühlte sich etwas anders an an diesem Abend mit Carral. Als wir die kleine Lichtung an der City Hall überquerten, sah ich, wie sich die Sonnenuhr über das steife Wintergras erhob, und das bloße, helle Ziffernblatt erinnerte mich an den Hallimasch auf dem Badewannenrand. Einige Minuten später gingen wir an dem Hostel vorbei, in dem ich die ersten Tage in der Stadt gewohnt hatte, und mir fiel auf, dass die Fensterscheiben schmutzig aussahen, als wären sie zugewachsen. Auf der anderen Seite der Straße lag das Meer, still wie Eis.

Unsere Wanderung endete am Universitätspub. Ich stellte Carral Franziska und den anderen Biologiestudenten vor, und sie erzählte kurz etwas über sich:

»Ich habe einen Bachelor of Arts, aber jetzt habe ich meistens Vertretungsjobs in Büros«, berichtete sie. »Langweilig, aber ich weiß noch nicht ganz, was ich will. Es gibt so vieles, was mich interessiert.«

Was sie sagte, klang auffallend gewöhnlich im Vergleich dazu, wie ich sie zu Hause zu sehen bekam, tagsüber zusammengerollt auf den Sofakissen oder an mich gepresst in der Nacht. Sie wirkte lebhafter und frischer als in der Brauerei.

»Ihr wohnt in Hawthorn, oder?«, fragte Franziska höflich. Carral nickte. »In der alten Brauerei.«

»Ich dachte, da wohnt niemand«, sagte Leigh, ein Mädchen aus dem Genetikkurs mit dunklem Haar und hohen Lackstiefeln.

»Doch, schon. Nur nicht so viele«, sagte ich.

»Es soll da spuken«, flüsterte Leigh.

»Ach ja?«

»Ja, mein Freund war mal in dem Haus, bevor es umgebaut wurde. Er sagte, dass es gespukt hat ...«

»Nennst du uns Gespenster?« Carral lächelte interessiert.

»Nein, nein, aber vielleicht habt ihr ja welche gesehen?«, fragte Franziska.

»Aber es gab doch ein Mädchen, das dort gestorben ist«, sagte Leigh, »die Tochter des Brauereichefs, glaube ich. Es heißt, sie wäre in einen Biertank gefallen und ertrunken … in Bier.«

Carral fing an zu lachen, lauter als sonst, so laut, dass ich innehielt und sie anstarrte. »Die Geschichte hab ich auch gehört. Die ist ziemlich bescheuert«, sagte sie.

»Schon tragisch«, sagte Franziska, die mich mit ihren ernsten, deutschen Augen musterte.

»Ich glaube übrigens, dass ich das ertrunkene Mädchen manchmal sehe«, sagte Carral mit großen Augen. »Aber es ist jedes Mal nur Little Jo.«

Sie legte den Arm um meine Schultern.

Später stand ich mit Franziska an der Bar. Sie hatte sich geschminkt. Die Wangen waren rot, als hätte sie einen Pink-Lady-Apfel an der Haut gerieben.

»Du redest anders mit Carral«, sagte sie.

»Anders?«, fragte ich.

»Als ob du den Dialekt wechselst.«

»Ich passe mich schnell an. Du weiß doch, wie es ist mit *English as a Second Language*.«

»Ja, aber mit ihr redest du … genau wie sie.«

»Brighton-Dialekt?«

»Ja, wenn es das ist, was sie spricht. Und du verhältst dich merkwürdig. Vorhin standest du da und hast sie angesehen. Seid ihr … zusammen?«

»Zusammen?«, fragte ich. Eine klebrige Wärme sickerte hinauf in den Kopf und hinunter ins Zwerchfell.

»Das ist voll okay, also, ich bin nur neugierig.«

»Nein, nein, wir wohnen nur zusammen«, sagte ich bestimmt.

Im selben Moment fiel mein Blick auf Carral unter einer gigantischen Lampe, die in regelmäßigen Abständen die Farbe wechselte. Sie lachte und drückte die Arme der Typen aus dem Chemiekurs, erst zufällig hier und da, doch dann methodisch, als ob sie in der Gemüseabteilung stand und eine reife Avocado zu finden versuchte. Und die ganze Zeit, während sie herumdrückte, sah sie zurück zu mir. Ihr Gesicht leuchtete im psychedelischen Rot und Gelb der Lampe.

»Entschuldige, dass ich frage«, sagte Franziska. »Ihr wirkt nur *so close*.« Sie wurde etwas rot und rührte vorsichtig mit dem Strohhalm in ihrem Drink.

»Auf eine Weise sind wir das wohl auch«, antwortete ich, »in dem seltsamen Haus mit papierdünnen Wänden. Manchmal begreife ich nicht so ganz, was passiert.«

»Wie das?«

»Ich weiß nicht richtig, wie ich das erklären soll.«

Ich spürte es zwischen meinen Beinen brennen. Vor mir vermischten sich in Franziskas Glas die Flüssigkeiten, rot und gelb.

»Es ist lange her, dass ich jemanden geküsst habe«, flüsterte Carral mir zu, als wir uns vor der Tür des Frauenklos trafen. Ihre Hand legte sich in meinen Nacken und der Daumen strich die Wirbelsäule entlang. Es pochte in meinem ganzen Körper.

»Wie lange her?«, fragte ich, aber sie reagierte nicht, strich nur weiter nach unten, Wirbel für Wirbel.

»Gibt es einen von den Jungs, den du magst?«, fragte Carral.

Ihre Lippen lagen an meinem Ohrläppchen, und die Augen waren auf die Gruppe Biologiestudenten gerichtet. Ich zuckte mit den Schultern, machte einen Schritt weg.

»Die sind zu jung für mich«, sagte ich.

»Die sind nicht viel jünger als du, neunzehn vielleicht«, kicherte Carral und starrte vor allem einen von ihnen an, einen ziemlich großen Typen mit langer Mähne und Brusthaaren, die aus dem T-Shirt herausschauten.

»Trotzdem zu jung«, sagte ich und ging zurück zur Bar.

Plötzlich war Pym da. Er stand mitten auf der Tanzfläche, mit den beiden obersten Hemdknöpfen offen und glänzenden Augen. Ein paar Haarsträhnen hingen über seiner Wange.

»Hi«, sagte er.

»Huch, du hier«, sagte ich.

»Carral sagte, dass ihr hier hingeht.«

»Carral? Wann hast du Carral getroffen?«

Pym warf seinen Kopf zur Seite, die Haarsträhnen legten sich zurück über die Wange. »Lange her, dass ich dich gesehen habe«, flüsterte er.

»Ich muss viel lernen«, antwortete ich schnell.

»Hast du mein Buch schon gelesen?«

»Fast fertig«, log ich.

»Und, was meinst du?«

»Ich weiß nicht.«

»Aber gefällt dir die Idee?«

Ich antwortete nicht. Er warf seinen Kopf wieder zur Seite, und plötzlich hatte er seine Hand auf meine gelegt. Ich hatte es nicht gespürt, blieb einfach stehen und sah auf unsere Hände.

»Es ist nur für dich.« Er ließ los, doch die Hand blieb in der Luft über meiner hängen.

»Hast du Carral getroffen?«, fragte ich wieder,

doch ich bekam keine Antwort. Denn mit einem Mal war seine Zunge in meinem Mund. Ich wollte mich losreißen, doch seine Lippen saugten sich an meinen fest, und die Zunge füllte meinen gesamten Mund aus wie eine Nacktschnecke mit Fühlern, die den Gaumen kitzelten. Mir wurde schwindelig und ich rang nach Atem, doch Luft und Spucke wurden aus meinem Körper heraus und in seinen hineingesaugt, und sein klebriger Whiskygeschmack stieg mir bis in den Hals. Seine Arme legten sich um mich und hielten mich fest. Er schloss die Augen. Von außen mag das friedlich ausgesehen haben, zwei Menschen, die einander still küssen, aber ich weiß, was in mir drin geschah, und ich bekam plötzlich Angst, in ihn hineingesaugt zu werden und zu verschwinden.

Endlich bekam ich ihn dazu loszulassen. Ich atmete tief durch und berührte meine Lippen, widerstand der Lust auf den Boden zu spucken. Dann drehte ich mich wortlos um und ging zurück zur Bar. Ich blickte nicht zurück. Doch Carral und die Biologiejungs hatten in ihrer Ecke alles mitbekommen. Sie hatte sich zum Tresen gewandt, aber ihr angespannter Körper war meinen Bewegungen gefolgt. Die Finger hatten es gesehen, und die Schultern, der Rücken, der Nacken hatte es gesehen.

Später am Abend verabschiedeten Franziska und ich uns mit einer verlegenen Umarmung.

»Du, Jo, bei uns ist ein Zimmer frei, wenn du willst.«

»Warum?«

»Für den Fall. Du meintest ja, dass du nicht begreifst, was passiert.«

Sie wirkte etwas nervös.

»Danke. Kann ich darüber nachdenken?«, antwortete ich.

Franziska nickte und verschwand draußen im Dunkeln. Ich sah mich um, doch Carral war weg, und Pym auch, und ich ging allein nach Hause mit schwerem Atem und Schritten, die endlos langsam schienen. Bald sah ich in der Ferne das Silo gegen die dahinter liegende Gebirgswand: die gewaltigen, betonfarbenen Klüfte des Berges.

In der Brauerei, über die Spanplattenwände meines Schlafbodens hinweg, kann ich die nackte Küche sehen, mit dem Tisch wie eine Insel in der Mitte. Hinter dem Tisch geht die Leiter hoch zu Carrals Schlafboden.

Der Rest ihres Bodens ist ganz wie meiner hinter einer Wand verborgen. Doch durch den Raum höre ich ein Knarren und leise Stimmen, gedämpfte Geräusche. Ich höre es so deutlich, dass ich sehen kann, was passiert, wie ein Röntgenbild durch die Spanplatte. Ich sehe, wie sich Pyms dicke Arme über Carrals Rücken bewegen, sie an den Seiten nehmen, sie festhalten, und später: Er legt die eine Hand auf ihr Schulterblatt und die andere ganz unten auf den Rücken und sie beugt sich vornüber. Sie richtet sich aus und schaut geradeaus zu mir hinüber, als ob sie weiß, dass ich sie durch die Wand ansehe, die Augen schimmern weiß in ihrem warmen, geröteten Gesicht und sehen aus wie Splitter, die aus einem Knochenbruch herausragen. Ihre Wirbelsäule bebt unter Pym wie eine weißschäumende Mähne. Der Mond macht alle gespannten Glieder weiß, und ihr Steißbein blinkt auf, wenn er sie von sich zieht: Ein Leuchtturm am Horizont, der den Weg weist da, nicht da, da, nicht da.

Der Sturm

Ich lag in dieser Nacht mit Salzlake im Hals und dem Anblick von Carral und Pym hinter meinen Augenlidern da. Mein Mund schmeckte immer noch nach Pyms Zunge und es half nicht, Wasser zu trinken oder Fruchtpastillen zu lutschen. Auf meinem kleinen Boden lag ich mit dem Gefühl, in meinen eigenen Körper hineinzusinken, hinein in eine enge, dunkle Kiste aus Haut und Fleisch. Nach einer Weile schlief ich ein, und als ich aufwachte, blies mir ein spitzer Windstrahl durch einen Spalt in der Ziegelmauer ins Gesicht. Von dem anderen Schlafboden hörte ich Carral in einem Buch blättern. Ich fragte mich, ob Pym immer noch dort lag, ob sie zusammen seinen Roman lasen, ob er sie anfasste. Ich versuchte es mit Musik, doch das Lied, das ich anmachte, handelte plötzlich von Carral und Pym:

He's still inside me,

sang Björk, und ich fragte mich, ob er immer noch hier war, in ihr, auf dem Schlafboden mir gegenüber. Ich schaltete die Musik wieder aus und entschied mich, aufzustehen und rauszugehen.

Die Leitersprossen vom Schlafboden hinunter zur Küche waren feucht und rutschig, wie eine alte Badeleiter. Der Küchenboden war ebenfalls feucht, und Tau lag auf den kleinen Grasbüscheln, die zwischen den Dielen herausgewachsen waren. Kalkfarbene Wassertropfen sickerten aus Rissen in der Wand. Und im Bad lief das Wasser über den Rand der Badewanne, während ich duschte. Der Pilz an der Spanwand wurde mit Wasser beperlt wie ein Duschkopf.

Draußen in Aybournes Straßen wehten heftige Böen. Große, graue Wolken verschluckten die Berge hinter dem Silo und in der anderen Richtung schoben sich Meer, Inseln und Himmel zu einem regelrechten Maul aus Nebel und Schaum zusammen. Ich ging vornübergebeugt in Richtung Universität und spürte den Wind durch jede Faser meiner Kleider dringen, spürte, wie sich Sand und Schmutz im Augenwinkel sammelten. Im Eingangsbereich von Earth Sciences hatte ein begeisterter Meteorologieprofessor einen Zettel über das Frühlingswetter aufgehängt:

> Die bekannte und liebe wechselhafte Wolkendecke ist zurück, starker Westwind ist auf dem Weg. Jetzt können die Barometer ihren Staub abschütteln!

Neben der Tafel hing eine Ausstellung alter Barometer, und die kaputten Pfeile zitterten zwischen STORM, RAIN und CHANGE vor und zurück, wie ein Seismograph in der Schlussphase eines Erdbebens.

Während Professor Spitlip über die Evolutionstheorie dozierte, flüsterte Franziska: »... und dann hat er sich auf dich geworfen?«

»Wie ein Tier.« Ich hielt zur Illustration die Hände wie Klauen vor mir hoch. »*A MANimal.*«

»Wie ekelhaft! Geht's dir gut?«

»Mir geht's gut. Es war ekelhaft, aber er ist nur ein leicht verzweifeltes armes Würstchen.« Ich lächelte, und Franziska fing ein bisschen an zu lachen auf ihre langsame Art.

»Ist er der Nachbar, von dem du erzählt hast? Der über dich geschrieben hat?«

»Das war Pym, ja.«

Franziska verdrehte die Augen. »Dass ich das nicht gesehen habe!«

»Du hast nicht gerade was verpasst.«

Mit jedem Wort über Pym, das ich Franziska erzählte, wurde er etwas weniger deutlich in mir.

»Es tut mir leid, dass ich dich über Carral ausgefragt habe«, sagte sie plötzlich.

»Ist in Ordnung. Aber es ist wirklich nichts zwischen uns, wir wohnen nur zusammen.«

Franziska nickte und lächelte. »Gut«, sagte sie, »weil ich sie nämlich jemanden hab küssen sehen ... spät, kurz bevor wir gegangen sind.«

»Hast du? Das hab ich wiederum nicht gesehen.« Ich versuchte zu lächeln.

»Oder ... ist nicht sicher, dass sie es war. Es war dunkel. Und es war ein großer Typ.«

»Vielleicht war das ja auch Pym.«

Franziska fing an zu lachen, aber ich dachte an Pym und Carral, dass es bestimmt die beiden gewesen waren, und ich wollte Franziska erzählen, was ich gesehen hatte, als ich nach Hause gekommen war, aber ich wusste nicht so ganz, was ich sagen sollte, welche Worte ich benutzen sollte. Außerhalb des Hauses war die Welt trocken und frisch und gewöhnlich, und sie stimmte nicht überein mit dem, was zwischen den Mauern der Brauerei zu wachsen schien: etwas Feuchtes, hautlos und still.

Als ich nach Hause kam, saß Carral am Küchentisch. Pym war nicht zu sehen. Sie zog den Morgenmantel eng um sich und gähnte. Ihr Körper wirkte darin unendlich lang.

»Wo bist du denn gestern abgeblieben? Ich hab dich nicht mehr gefunden, als ich nach Hause wollte«, sagte sie.

»Ich war da, zusammen mit Franziska. Wie vorher auch. Wo warst du?«

Mein Gesicht war immer noch steif von meinem Ausflug durch den kalten Wind, und ich knetete meine Wangen.

»An der Bar. Pym ist mit mir nach Hause gegangen«, antwortete sie und goss Wasser in eine Tasse, warf mit einem Platschen einen Teebeutel hinein. »Ich soll dich übrigens von ihm grüßen. Er fragt sich, ob du demnächst mal sein Buch liest.«

»Hast du es gelesen?«, fragte ich.

»Ja. Aber jetzt erinnere ich mich nicht mehr so gut daran.« Sie fingerte eine Weile am Verschluss eines Milchkartons herum, schraubte ihn ein paar Mal auf und wieder zu. Dann zuckte sie mit den Schultern.

»Nein, ich kann mich nicht mehr erinnern warum, aber ich meine, ich fand, dass du es lesen solltest.«

»Ich lese es bald«, sagte ich und spürte es in meinem Gaumen brennen, als Carral den ersten Schluck von dem warmen Milchtee in sich hineinschlürfte. Sie fasste sich an den Mund, gleichzeitig mit mir. »Bloody hot«, hörte ich es hinter mir, während ich zur Badezimmertür ging.

Im Bad füllte ich das Waschbecken mit kaltem Wasser und spülte mir den Mund aus und wusch das Gesicht. Dann stand ich da und betrachtete mich im Spiegel, steckte einen Finger in den Mund. Der Gaumen fühlte sich kalt und normal an. Doch das Spiegelbild vor mir zitterte, und überall im Raum war alles in Bewegung: Dünne Rillen bildeten sich auf der Wasseroberfläche im Waschbecken. Der Hallimasch wankte auf dem Badewannenrand. Die Grashalme zwischen den Holzdielen schwankten vorsichtig. Ich drehte das Wasser ab und hörte zunächst nichts, und dann ein dumpfes Geräusch, das klang, als käme es von irgendwo in der Ziegelwand. Als ich mein Ohr gegen die Wand legte, hörte ich ein schwaches Pochen durch das Rauschen des Spülkastens.

»Hörst du das Klopfen?«, rief ich Carral in der Küche zu.

»Ja. Ich glaube, es ist Pym. Er hatte erwähnt, dass er heute ein bisschen was zu tun hat.«

Ich setzte mich auf den Toilettensitz und mit der Hand an der Wand spürte ich die Schläge darin, wie von einem kleinen Herz, das in der Wand wuchs.

Das Klopfen ging die Nacht über weiter, zusammen mit dem Sturm. Als ich im Morgengrauen aufstand, um zu pinkeln, fragte ich mich, ob Pym, wenn es denn er war, der da klopfte, uns so hören konnte, wie wir ihn hörten, ob er mich pinkeln hören konnte, ob er den Unterschied hören konnte zwischen meinem scharfen, schnellen Strahl und Carrals langsamen, tropfenden Wispern.

Als ich das nächste Mal wach wurde, war es hell und das Klopfen war weg. Ich hörte nur das Heulen des Windes und in der Ferne gewaltige Brecher, die an den Pier schlugen. In den Nachrichten sahen wir, dass mehrere Strommasten umgeweht worden waren, und der Strom war den ganzen Tag über instabil. Die Glühbirnen flackerten über dem Küchentisch, das Brummen des Kühlschranks setzte aus und fing wieder an, der Fernseher flimmerte. Der Wind ergriff die Unterseite des Blechdachs, wo es nicht ganz winddicht war, und ließ kleine Silberfische und Larven von den Stahlträgern herunterrieseln.

»Wir müssen den Müll reinholen«, sagte Carral, als ich nach einem Einkauf bei Aygros durch die Tür kam. »Die Mülleimer werden noch weggeweht.«

»Aber das stinkt doch.«

»Wir stellen sie unter die Treppe. Es ist nicht viel drin, nur ein bisschen was im Kompost. Der ist ziemlich dicht.«

Der Wind wehte uns auf der Treppe fast um. Carral trug den Mülleimer hinein und danach nahmen wir jede jeweils ein Ende des kistenförmigen Komposts mit den alten Äpfeln. Ich nahm einen schwachen, bekannten Geruch von etwas Verrottetem an meinen Händen wahr, als wir den Behälter unter den Treppenstufen absetzten, und ich erinnerte mich, wie wir alle Äpfel dort hineingestopft hatten, wie ich mir vorgestellt hatte, dass wir das Paradies ausmisteten. Mich überkam eine plötzliche Lust, den Kompost zu öffnen und die Äpfel anzusehen. Carral hatte sich auf den Deckel gesetzt und ich setzte mich neben sie. Ihr Arm war nah an meinem. Die Haut war weich, weicher als ich mich erinnern konnte, als ob auch sie schimmelig war, eine gefallene Eva. Unter uns konnte ich die Äpfel rumoren hören. Nicht wie ein echtes Geräusch, eher eine Art inneres Surren, das man sich beim Wachsen von Nägeln oder Haaren vorstellen kann, oder aufgehenden Blumenknospen.

Goldapfelstiele

Später in der Nacht wachte ich auf und sah, dass das Licht im Bad an war. Dort unten fand ich Carral auf dem Fußboden sitzen, mit einem Bündel gelber Haare in der einen Hand und einer Schere in der anderen. Sie schreckte zusammen als ich die Tür öffnete. Auf ihrem Kopf sah ich mehrere leere Flecken.

»Es geht einfach ab, ich bin aufgewacht und überall waren Haare …«, hauchte sie und sank zu einem Häufchen Haar und Weinen in sich zusammen. Ich setze mich neben sie und strich ihr über die Wange. Sie ruckte mit dem Kopf weg. Eine gelbe Haarlocke klebte sich an meine Hand, warm und weich, schmolz fast.

»Soll ich dir helfen?«, fragte ich und wand die Schere aus ihrer Hand.

Sie hatte wirklich überall Haare. Einige Locken waren abgeschnitten und andere schienen sich einfach abgelöst zu haben und über die Schultern geglitten zu sein, setzten sich in den Falten ihres Nachthemdes oder auf ihren Armen fest. Es sah aus als hätte sie Haar, das bis ganz zum Boden reichte und sich dort anheftete. Der Badewannenpilz gaffte uns mit seinem weißen Auge an.

»Ich fange jetzt an«, sagte ich zu Carral, die stumm nickte, und so setzte ich die Schere direkt an der Kopfhaut an und schnitt. Locken fielen in meinen Schoß wie Goldapfelstiele, und während ich schnitt und mehr und mehr von ihrem nackten Kopf sah, spürte ich, dass ich eine Grenze überschritt, dass ich etwas Schmerzhaftes von ihr einsammelte und erntete, das nicht auf den Boden fiel, sondern sich von ihrem in meinen Körper einflocht.

Zum Schluss war sie millimeterkurz auf dem Kopf, ein glänzender weißer Champignon.

Ich strich ihr über den Kopf. »Wie schön du bist«, sagte ich. »Wie ein Hippie.«

Carral war ganz still.

Ich sprach weiter: »Komm, du kannst bei mir schlafen.«

Auf dem Schlafboden flüsterte sie im Dunkeln: »Weißt du noch, als wir hier lagen und ich eingepinkelt habe?«

Es war das erste Mal, dass sie es erwähnte. Die Worte hörten sich seltsam an, als ob ihre Stimme entschied, dass das in jener Nacht wirklich passiert war.

»Ich erinnere mich«, sagte ich.

»Das war nicht mit Absicht. Es tut mir leid.«

»Das passt schon. Hab ich doch gesagt.«

»Ja, das weiß ich. Aber ich wollte dafür trotzdem Entschuldigung sagen. Es ist etwas hier drinnen, das macht, dass ich … ab und zu die Kontrolle verliere. Ich schlafe ein. Und ich …«

Ich drehte mich zu ihr, konnte die Konturen ihres Gesichts in der Dunkelheit nur erahnen.

»Und was noch?«

»Ich komme zu dir.«

»Ist das für dich die Kontrolle verlieren?«

»Nein, vielleicht nicht.«

»Ich dachte, du hattest Angst oder so.«

»Ja, das hab ich. Ich fühle mich … anders.«

»Wie denn?«

»Ich weiß nicht ganz, hier passiert etwas, das ich nicht verstehe. Und dann fühlt es sich einfach so an, als ob ich genau hier sein sollte.«

Ich drehte mich mit dem Kopf zur Spanplattenwand. Sie roch sauer nach Holz und Schimmel.

»Ich hab euch gesehen.«

»Uns?«

»Dich und Pym, auf dem Schlafboden, *fucking like rabbits*. Du hättest mir ruhig erzählen können, dass es das war, was du wolltest.«

»Oh, *little Jo*. Es war keine Absicht, dich zu verletzen. Ich hatte das nicht vor … oder ich verstehe nicht ganz, wie das passiert ist. Ich wollte ihn bloß küssen und … danach erinnere ich mich nicht mehr an so viel.«

»Aber warum?«

»Ich glaube, ich hatte einfach ... Angst davor, dich zu verlieren.«

»Was meinst du, *mich zu verlieren*?«

»Ich weiß nicht ... plötzlich verliebst du dich ... und dann ziehst du aus ... und dann bin ich alleine hier ...«

»Ausziehen? Ich mag ihn nicht mal! Und du hättest ihn nicht ficken müssen.«

»Entschuldigung, Jo.«

Es knackte scharf in den Bodenbrettern, als ich mich umdrehte und aus dem Bett rollte. Ihr Arm strich mir über den Rücken, aber ich rückte nur weiter weg. Es pochte in mir. Dann wurde es eine kurze Weile still, bevor sie flüsterte: »Aber du sagst doch, du magst ihn nicht?«

»Nein, das tu ich nicht. Ich wünschte nur, du hättest mir davon erzählt.«

»Es tut mir leid, Jo, es tut mir so leid.«

»Ja.«

»Wirst du ausziehen?«

»Vielleicht. Ich weiß nicht. Ja«, sagte ich.

Sie zog an meiner Schulter, also legte ich mich wieder hin. Dann drehte sie mich zu ihr um und legte ihr Gesicht an meins. »Geh nicht. Komm zurück zu mir.«

Unsere Stirnen berührten einander. Zwei dünne Erdplatten.

»Ich gehe nicht«, sagte ich.

Später geschah es noch einmal: Ich träumte, dass Carrals goldene Haarlocken um mich herum zu einem äußeren, warmen Goldskelett verknotet wurden. Als ich aufwachte, waren unsere Körper klamm und feucht. Die Matratze stank nach Urin. Warme, dünne Flüssigkeit tröpfelte auf meine Handfläche, die an ihrem Oberschenkel lag, und ich dachte an Tee mit Milch und Zucker. Vom Dach, von den Wänden, aus allen Ecken konnte ich das Wasser tropfen hören und ich dachte, dass es mit uns tropfte, für uns.

Eden

Am nächsten Morgen hatte der Sturm nachgelassen, doch stattdessen fing es kräftig zu regnen an und die Luft in der Brauerei wurde noch feuchter und klammer. Carral schlief noch, als ich aufstand. Ihr glatter, frisch geschorener Kopf war mit Schweißperlen bedeckt. Auf dem Weg nach unten zum Bad bemerkte ich, dass Regenwasser durch Risse im Blechdach tropfte, und das Wohnzimmerfenster im Mezzanin war von einer dünnen, weißen Schicht Moos bedeckt, die sich nicht wegkratzen ließ. Ich konnte die Straße unten nur undeutlich erkennen. Dort waren keine Menschen, keine Straßenbahnen und ich konnte auch keinen Blick auf die Straßenbahnschienen erhaschen, als wäre ganz Aybourne über Nacht ausradiert worden.

Der Kompostbehälter stand immer noch unter der Treppe. Der Gestank von vergammeltem Obst hatte sich in der ganzen Wohnung ausgebreitet. Es fühlte sich an, als ob die Brauerei in einen großen, nassen Tank verwandelt worden war, der darauf wartete, dass Carral und ich zu verwesen begannen: Ein verfaulter und stinkender Garten Eden. Unten im

Behälter lagen die Äpfel so, wie wir sie zusammengestopft hatten, nur schimmelig und zusammengesunken. Langbeinige Fliegen summten um einen rissigen, tiefroten Bloody-Ploughman-Apfel. Daneben lag ein Honeygold mit intakter Schale wie eine eingeschrumpelte, urinfarbene Perle. Einige der Äpfel waren nicht wiederzuerkennen, bedeckt von einem grau-weißen Schimmelpelz wie kleine, tote Tiere. Und darunter, ganz am Rand des Apfelhaufens, fiel mein Blick auf etwas ganz anderes: Ein Schreibheft, vergilbt und feucht. Ich erkannte die Farbe wieder: Es war Pyms Schreibheft. Hat Carral das dorthin gelegt?, dachte ich, während ich es aufhob und die schlimmsten Schimmelflecken wegwischte. Dann zog ich den Kompostbehälter hinter mir her durch die Fabrik und hievte ihn vor die Haustür auf seinen gewohnten Platz, warf das Schreibheft in den Rucksack und ging zur Universität. Und während ich ging, spürte ich die vergammelten Äpfel hinter mir herrollen, zusammengeflochten zu einer zähen, gelbbraunen Schleppe.

Am gleichen Abend nahm ich das Schreibheft mit ins Bad. Dort drinnen saß der Hallimasch mit dem Kopf auf dem Badewannenrand. Er hatte die Farbe gewechselt und war tiefbraun geworden, fast schwarz. Während ich das Wasser in die Wanne ließ, setze ich mich mit dem Buch hinein, um zu lesen. Der Pilz lehnte sich an meine Schulter und las mit mir in Stille.

Pyms kleiner Roman begann mit den gleichen Versen, an die ich mich vom Abend am Küchentisch erinnerte:

> The biologist creates the world;
> The world of biology.
> Puts emotion in honey jars with spiders and bees.
> Can't see the difference between people and trees.
> Everything she sees she understands;
> Everything can be made from her hands.

Die Geschichte war nicht lang und ich schaffte den Großteil zu lesen, bevor die Wanne voll war. Es war eine mystische Erzählung von einem Mädchen, einer Biologin, die, wie ich vermutete, »eigentlich« mich darstellen sollte. Das Mädchen traf einen Mann, der sehr klar an Pym erinnerte:

> His body so tight, his arms so strong,
> His hair as red as fire.

Die Biologin hatte die Welt erschaffen, aber sie hatte auch ein anderes Mädchen geschaffen – das musste

Carral sein – und es endete in einer merkwürdigen Sexorgie, bei der die beiden Mädchen alle sexuellen Phantasien des Mannes nacheinander befriedigten, und zum Schluss mit ihm verschmolzen:

> They thought him strong, he thought them pale.
> They covered him like a long, white veil.
> And so he saw the world through her eyes,
> The world that she created.
> THE END

Ich spritzte mir etwas Wasser ins Gesicht und schüttelte den Kopf. War das wirklich seine Vorstellung von mir? Wollte er, dass ich ihm eine andere Welt zeigte, oder wollte er einfach einen Dreier mit Carral und mir? Als ich das Buch zuklappen wollte, entdeckte ich kleine Abdrücke im Papier. Ich blätterte um, um nachzusehen. Auf der Rückseite von dem, das ich für die letzte Seite gehalten hatte, waren mehrere Verse in einer ganz anderen Handschrift geschrieben:

> But wait! The story isn't over yet,
> Another scene has just been set.

Und so endete Pyms Buch mit einem kurzen, grotesken Fressgelage:

The women feast on the poor man's flesh,
And chew each bone whilst it is fresh,
So the two women can become one with a kiss;
The dream of every biologist!
To grow together is their pursuit,
And his red flesh their forbidden fruit,
he stumbles and gasps and finally dies;
From his ashes a four-breasted creature arises.

Ich erkannte die Handschrift von Zetteln und Einkaufslisten wieder. Es war Carrals. Ich klappte das Buch zu und presste die Augen fest zusammen, versuchte die letzten Zeilen aus dem Kopf zu drängen. Aber hinter den Augenlidern suchten mich die Bilder wieder und wieder heim, während ich die Haare trocknete, die Zähne putzte und mich aus dem Bad schlich: Carral, die mich direkt anstarrte, während Pym sich aus ihrem Körper herauszog und wieder hineinschob, Pyms Zunge, die tief in meinen Mund sank, Franziska, die sagte »Ihr wirkt irgendwie *so close*«, Carral, die mir einen Muffin reichte, die an mich gelehnt auf dem Kompostbehälter saß, die an meine Oberschenkel pinkelte.

Draußen vor dem Bad stand sie, mitten auf dem Küchenfußboden, und wartete auf mich. Es war dunkel geworden und kein Licht brannte, sodass ich ihr Gesicht nicht erkennen konnte, nur die Silhouette des Körpers, die in den Lichtsplittern des Kronenleuchters schimmerte. Sie bewegte sich auf langen, dünnen Beinen, die unter einem großen Nachthemd hervorschauten, auf mich zu, lautlos und staksig, wie ein Reh sich wachsam auf eine Lichtung schleicht.

»Jo? Warst du die ganze Zeit im Bad?«

»Sieht so aus.«

Ich hielt ihr Pyms Buch entgegen und fuhr fort: »Hast du die letzte Seite geschrieben?«

»Ach, Jo, das war nur ein Witz.«

»Ein Witz?«

Sie lachte ein wenig.

»Fast alles. Und ein bisschen ... für dich.«

»Für mich?«

»Komm.«

Es war das erste Mal, dass ich auf ihrem Schlafboden war, und als sie sich umdrehte und hinter mich legte, ganz dicht an meinen Körper, fühlte es sich an, als würden wir synchronisiert, und ich wünschte es mir: Dass sie träumte, was ich träumte, dass sie schmeckte, was ich im Mund schmeckte. Und in meinem Mund spürte ich zwei Zungen, meine und ihre, die einander die Lippen ableckten und die Spucke der anderen schluckten.

Ihre Brüste pressen sich leicht gegen meine Rückenwirbel. Ich spüre keine Brustwarzen, nur glatte Haut, und dort, wo die Brustwarzen sein sollten, sind stattdessen zwei kleine Löcher. Aus den beiden Löchern wachsen zwei dünne Stiele heraus, die sich durch meine Haut und mein Fleisch bohren, sich um mein Rückgrat wickeln und winden. Entlang des Rückgrats beginnen kleine gelbe Früchte zu wachsen. Ich spüre ihren Geschmack im Mund: kalter, süßer Baumsaft.

Dann braust es durch mich hindurch, ihre Stiele und Finger und Adern breiten sich durch meinen ganzen Körper aus wie ein neues, weiches Skelett.

Schwarze Frucht

Es war still in der Brauerei, eine Stille, die an Schlaf erinnert. Carral bewegte sich in ganz kleinen Zuckungen, wie ein Hund sich bewegt, der träumt, dass er läuft. Jeder Ruck zupfte an meiner Haut und bevor ich im Schlaf versank, dachte ich, dass der Schlaf ein Tier ist, ein Tierkörper. Und so schlief ich ein: Pfoten und Krallen wuchsen um die Fäuste herum, Pelz dehnte sich zwischen den Beinen aus und wob sich um unsere Körper.

Ich träumte von zwei Körpern, Mädchenkörpern, unseren Körpern: Die Oberkörper waren zusammengeschmolzen und die Hälse lagen umeinander geflochten, dünn und lang wie bei Schwänen. Die Mädchen waren nackt und haarlos. Die Gesichter lagen im Schatten, es war unmöglich, sie zuzuordnen. Die Risse zwischen ihnen waren mit einem weißen Schimmelpelz bedeckt, als ob eine gemeinsame Haut um sie herum gesponnen würde.

Das eine Mädchen wandte dem anderen den Kopf zu und sagte: »Lass mich dir ein Märchen erzählen«, und das andere Mädchen nickte. So fuhr das erste fort:

»Ich werde dir das Märchen vom Apfel erzählen. Eva aß vom Apfel, und dann kam Adam und tat dasselbe. Danach wurde der Apfel vergessen, man nahm an, dass er liegenblieb und durch das Paradiesgras rollte, während Adam und Eva aus dem Garten fortgejagt wurden. Doch das stimmt nicht, denn in aller Heimlichkeit rollte der Apfel zwischen Evas Beine, riss Löcher in ihr Fleisch und rollte tiefer in ihren Schritt hinein. Dort blieb er sitzen mit der weißen Bissspur nach außen und nach einer Weile begann das Fruchtfleisch zusammenzuschrumpfen und Schimmelfäden wuchsen an den Kanten der Schale hervor. Und die Schimmelfäden wurden zu Schamhaar und die Bissspur zu einem Spalt zwischen zwei Schamlippen. Bald folgte ganz Eden dem Beispiel des Apfels und begann zu verfallen und zu verschimmeln, und danach erging es allen Gärten ebenso, und zuletzt allem in der Natur, und es wuchsen Hallimasche und es gab Fäulnis und Parasiten und Larven. Doch zuerst war der Apfel, und er hört nie auf zu verrotten, er wird nur schwärzer. Der Apfel hat kein Ende, genau wie dieses Märchen.«

Während das Mädchen erzählte, wuchs ein Wald um die beiden Körper, ein Wald, der gleichzeitig die Brauerei war und nicht war. Nadelbaumkronen drängten sich durch das Blechdach nach draußen, ein Wasserfall zerschlug die Treppe zum Mezzanin, die Dielen schmolzen zu gelbem und grünem Heidekraut, und dann begann es zu regnen, ein milder Herbstregen, der die Mädchenkörper weich und glatt peitschte. Ein Reh kam zwischen den Bäumen hervorgelaufen mit einem Apfel im Mund. Es hatte Pyms Gesicht.

»Jo?«, erklang Carrals Stimme.

Ich öffnete die Augen und sah, dass ich immer noch auf ihrem Schlafboden war. Das Heidekraut aus dem Traum war zu Gras geworden, dem Gras, das zwischen den Dielen hervorgewachsen war. Carral lag an mich geklebt, und ich dachte an die Mädchenkörper in dem Traum, wie sie wie ein Fabeltier ausgesehen hatten, und kam auf den letzten Satz, den Carral in Pyms Heft geschrieben hatte:

From his ashes a four-breasted creature arises.

Carral flüsterte: »Erinnerst du dich an das coole Mädchen, von dem ich dir erzählt habe? Die, neben der ich nackt gelegen habe?«

»Das war doch ich, die dir das erzählt hat«, sagte ich.

»Was? Nein, ich erinnere mich doch, dass es passiert ist. Ich war nicht älter als sieben, und ich war bei Emma zu Hause, Emma mit den Zöpfen. Sie hatte ein Doppelstockbett. Wir lagen oben, nackt.«

»Das stimmt, wir lagen im oberen Bett, daran erinnere ich mich, aber das ist trotzdem meine Geschichte.«

Jetzt war ich verwirrt.

»Ich erinnere mich, dass ich so Angst bekommen habe, schwanger zu werden, obwohl ich wusste, dass das nicht möglich war. Ich saß den ganzen restlichen Abend da mit allen Kleidern an«, flüsterte Carral.

»Ja, selbst mein Mantel war zugeknöpft. Woher wusstest du das?«, fragte ich.

»Lass mich fertig erzählen«, fuhr sie fort. »In der Nacht träumte ich, dass eine Schlange unter meinem Bett lag, eine Schlange, die sich heimlich hoch unter die Decke und zwischen meine Beine schleichen würde.«

»Und ich musste die ganze Decke zusammenfalten und die Beine drum herumlegen ...«

»... wie eine Art Schutz.«

»Ich dachte: Alles kann mich jetzt befruchten«, flüsterte ich, »alles kann in mich hinein kommen.«

»Ich weiß. Es ist auch meine Geschichte.«

»Wie?«

»Ich weiß nicht, aber ich höre dich.«

Ihr Hüftknochen klebte sich an meinen Oberschenkel. Ich bewegte mein Bein weg, aber da unsere Körper auseinanderglitten, hörte ich ein Geräusch von ihrem Körper, kein wirkliches Geräusch, sondern ein Fabelgeräusch: Das Geräusch eines Nagels, der aufspringt, von Knochen, der bricht, und von Fleischfasern, die in Stücke gerissen werden. Ich schloss die Augen und sah vor meinem inneren Auge feuchte, dunkle Perlen, die aus ihrem Nagelbett herausrollten, und aus dem Mund, der Hüftpfanne, der Vulva.

Carral fuhr fort: »Stell dir mal vor, wenn die Welt so gewesen wäre wie in Pyms Buch.«

Sie war so nah, dass die Zungenspitze mein Ohrläppchen befeuchtete.

»Du meinst in deinem Buch, das, was du ins Heft geschrieben hast.«

»Ja.«

»In deinem Buch hätte das coole Mädchen recht gehabt«, sagte ich. »Leute würden davon zusammenwachsen, dass sie nur nebeneinander liegen.«

Als ich die Augen schloss, dachte ich, dass wir wirklich in Pyms Buch waren, und ich fragte Carral:

»Was ist eigentlich mit Pym passiert an dem Abend?«

»Ich weiß nicht, Jo. Ich erinnere mich nicht an so viel, nur dass Pym mit mir reingekommen ist, und dass ich sein Buch gelesen habe, während er da war, aber dann war er weg, Jo, er war nicht da und ich war wach und es war Tag. Und mir war so schlecht, als ob ich ihn komplett verschlungen hätte, und das Buch, und alles, was passiert war.«

»In deinem Buch hättest du das getan.«

Ich sah Pym und Carral vor meinem geistigen Auge, wie ich sie an jenem Abend durch die Spanplattenwand gesehen hatte. Ich sah die nackten Körper, Carrals weiße Haut und Pyms rotes Gesicht. Und nun konnte ich Dinge sehen, die ich damals nicht gesehen hatte: Pyms Zunge, die sich auflöste und wie Zuckerwatte in Carrals Mund schmolz. Carrals Körper, der sich ausweitete und ihn verschlang, über ihn glitt und ihn wie ein dickes, weiches Kleid bedeckte. Ich sah es im Kopf hinter geschlossenen Lidern und ich sah es, als ich sie öffnete, denn auf Carrals Haut konnte ich kleine Sommersprossen sehen, Pyms Sommersprossen, die sich hervorpressten und zurückzogen, da, nicht da, da, nicht da.

Ihre Augen waren geschlossen, und als sie sie öffnete, legte sie die Arme um mich. Ich flüsterte ihr zu: »Alles kann jetzt in mich hineinkommen«, und sie antwortete: »Ich komme.«

Ich will ihr erzählen, dass ich Angst habe, dass das zu viel für mich ist, doch stattdessen legen sich meine Lippen auf ihre, so wie sie ihre auf seine gelegt hat in jener Nacht: Ich beiße hinein und sauge daran, kaue und knabbere, sauge ihr Pym aus und in mich hinein, hauche ihn zu ihr zurück in großen, durchsichtigen Blasen, in denen wir unsere beiden Gesichter gespiegelt sehen können, Carral und Jo, zwei Lippenpaare, die einander denselben Mann aus dem Mund saugen. Hier liegen zwei siamesische Zwillinge, zusammengebunden von einem dicken, sommersprossigen Männermuskel. Und als sich etwas zwischen meinen Schamlippen hineinpresst, werde ich aufgerissen und schreie, Blut tröpfelt meine Oberschenkel hinunter wie warmer, dunkler Fruchtsaft. Was dort drinnen ist, windet sich den ganzen Weg hinein bis zum Ende, kriecht ganz hinauf bis zu meinem schwarzen Apfel und beißt zu, und so werden wir verbunden:

Carral und Jo,
Carral und Jo zusammen:
Eine schwarze, tote und verrottete Frucht.

Hinterher liegt Carral an meinem Schulterblatt, dem Hüftknochen, dem Oberschenkel, und der Rückseite des Knies. Ich höre den Baumsaft mit seinem silbrig schimmernden Echo von der Decke, von den Wänden, aus allen Ecken tropfen, und ich denke, dass er mit uns tropft, für uns, aus uns, und dass ich hier weg muss.

Zusammen schlafen wir wie Einhörner.

Unter dem Meer

So erinnere ich mich an meinen letzten Tag in der Brauerei:

Mit dem Koffer in der Hand öffne ich die Haustür und finde die Welt draußen nicht wieder. Keine Stadt, keine Sicht, kein Licht und keine Inseln. Kein Asphalt und keine Betongebäude, keine toten Bäume. Nichts. Keine Luft. Es existiert nur eine Nebelfinsternis, die so dick ist, dass sie ein schwarzer Wasserspiegel sein muss, der unter meiner Hand liegt und mich zu überfluten droht, als wäre das Haus eine Kabine in einem alten Schiff, das Schiffbruch erlitten hat und im Meer versinkt.

Carral ist wach. Ich habe ihr Wasser in die Badewanne eingelassen. Sie sagt: »Bleib noch ein bisschen hier. Nur eine Nacht.«

»Ok, eine Nacht, aber morgen bin ich weg«, antworte ich.

»Bist du sicher, dass du umziehen willst?«

»Ich muss.«

Sie weint und schluchzt wieder und wieder die gleichen Worte: »*Little Jo*. Bleib bei mir.«

Ihre Stimme folgt mir wie ein goldener Lichtstreif, als ich über den Küchenboden und die Treppe zum Mezzanin hochgehe. Der Kronleuchter zittert, es tropft von den Glas-Stalaktiten. Ich sitze am Wohnzimmerfenster und studiere mein eigenes Spiegelbild. Die blauweißen Lippen leuchten. Hinter ihnen sehe ich vage Schatten von Aybournes Straßen und Türmen.

Ich stelle mir die Stadt unter Wasser vor: Nur ein paar Kirchturmspitzen, die Silopfeifen und der Glockenturm auf der City Hall reichen an die Wasseroberfläche. Die Spitzen der Gebäude setzen sich in unterbrochenen Strichen fort, Spiegelungen von unten gesehen. Auf der anderen Seite der Brauerei verschwindet die Bergwand unter der Wasseroberfläche und die Orgelpfeifen des Silos gurgeln gerade so über dem Salzwasser. Der Meeresboden ist weiß, die Schicht aus mattem Kalkstein besteht aus Milliarden weißer Spinnen, nein, Knochen und Skeletten von Waldtieren und Mietern – oder ist es Bierschaum?

Drinnen im Haus ist noch Luft, aber die Wände sind dunkel, durchdrungen von Wasser, wie in einem Sarg. Es tropft durchs Schlüsselloch herein. Und langsam, so langsam, dass ich es fast nicht bemerke, legt sich das Meer wie ein glitzernder Salzteppich zwischen die Grasbüschel auf den Boden und beginnt zu steigen, während es flüstert:

Full fathom five thy father lies;
Of his bones are coral made;
Those are pearls that were his eyes;
Nothing of him that doth fade,
But doth suffer a sea-change
Into something rich and strange.

Das Gleiche ist mir über Carral zugeflüstert worden, über ihre Haut, die sich in Apfelschale verwandeln wird, und über Pym, der zu Zuckerwatte auf ihren Lippen geschmolzen ist.

Währenddessen sehe ich vor meinem inneren Auge, wie die Gezeiten über uns einbrechen und sich zurückziehen, wie Wellenkämme schäumen, wenn sie über den Silopfeifen zusammenschlagen. In der Nacht laufen die Worte, die Carral in Pyms Buch geschrieben hatte, vor meinen Augen auf und ab, schreiben sich an den Zeilen entlang und radieren sich wieder aus. Ich sitze und lausche den Wellen, bürste Seepocken vom Fenster. Vielleicht ist das Meer schon hier im Haus, so, wie es vor Millionen von Jahren über ganz Aybourne gelegen hat. Vielleicht fällt deshalb das Atmen so schwer, fühlt sich der Körper so leicht und schwebend an. Vielleicht haben wir diese ganze Zeit zwischen Gespenstern gewohnt, den Schiffbrüchigen und Brauereiarbeitern. Ich sah sie nie, nur Carral.

Carral schläft in der Badewanne. Ihre Augen sind geschlossen, der Mund geöffnet. Unter ihrer weißen Haut kann ich immer noch Pyms Sommersprossen und Pyms Wangenknochen sehen. Pyms rote Augen flackern hinter den Augenlidern. In ihrem Mund sehe ich einen Zipfel vom Hallimasch, wie eine schwarze, verwesende Zunge. Sie hebt eine Hand, greift meinen Pullover und zieht mich zu ihr herab, und ich zucke zurück, Gezeiten, Gezeiten, kommt nicht hierher.

Carral? Ich erzähle dein Märchen zu Ende. Du hast vergessen, die Schlange zu erwähnen. In dem Märchen vergiftet der Apfel die Schlange und Eva packt ihre Bücher zusammen und zieht aus dem Paradies aus. The end.

So muss es enden, also pflücke ich vorsichtig den Hallimasch aus ihrem Mund. Dann beuge ich mich herunter und lege meine Lippen auf ihre Lippen:
Zuerst sauge ich Pym aus ihr heraus,
die Szene vom Schlafboden,
und den Kuss aus der Bar,
ich sauge die Nacht am Küchentisch heraus:
Dann sauge ich die Nächte in meinem Bett heraus,
unsere Beine, die sich zusammenflechten,
Eva und den Apfel,
die Geschichte vom coolen Mädchen:

Und dann puste ich,
fülle ihren Körper mit Luft bis keine einzige Spur von Pym oder mir darin übrig ist.

Jetzt gehe ich, Carral.

Und da beginnt es zu rauschen, als hätte ich einen Stöpsel herausgezogen, als würde das gesamte Salzwasser aus den Biertanks abgelassen, aus der Badewanne, aus dem Haus. Carral öffnet nicht die Augen.

Ich gehe über den Badezimmerboden und öffne die Tür, bleibe dort eine kleine Weile stehen. Dann gehe ich hinaus. Als ich die Allee entlanggehe, fällt das Gehen schwer, es fühlt sich an, als hätte ich lange Wurzeln, die im Haus festhängen und sich hinter mir länger und länger dehnen, und egal, wie weit ich gehe, wie viele Straßenbiegungen ich auf dem Weg zu Franziskas WG unten am Strand nehme, sie hängen mir weiterhin fest an, strecken sich und werden dünner und dünner, bis sie wie Nähgarn sind. Langsam, aber sicher sehe ich, wie die Brauerei zerbröckelt und mir folgt, sich auf meinen Fäden aufreiht, als sei es ein Haus aus kleinen, blanken Perlen. Zuerst kommt die Haustür, und danach die Bodendielen in der Küche, die Emaille der Badewanne und die Stahlbeschichtung der Wasserhähne, die Glassplitter des Kronleuchters und die Apfelkerngehäuse im Kompostbehälter. Und Carral kommt auch: Zahn für Zahn und Nagel für Nagel und Knochen für Knochen zerbröckelt sie in der Badewanne, während stetig neue Perlen wachsen und sich auf meine Wurzeln auffädeln. Sie kommen aus ihrem Mund und ihren Augen heraus, aus ihrem Schritt und ihrer Hüftpfanne, und ihren Fingerspitzen.

Epilog

Ich sehe Carral vor mir, an diesem Tag, hinter mir, während ich Kleidung und Bücher zusammenpacke: Sie steht im Türrahmen wie draußen auf einem langen Kai. Ihr Körper ist in schwachen, weißen Nebel eingehüllt, der ihre Konturen verschwimmen lässt. So weit erinnere ich mich an sie, und stelle mir vor, dass sie jeden Augenblick im Nebel verschwinden kann, aber sie bleibt in der gleichen Position stehen. Später, als ich nicht wieder von ihr höre und vergebens versuche, ihren Namen in Listen und Telefonbüchern zu finden, werde ich mir einbilden, dass ich diesen Augenblick wieder und wieder dupliziert habe, wie eine Nadel auf einer hängenden Schallplatte, aber jetzt gerade dauert er so lange an, dass ich Angst bekomme, sie könnte verschwinden. Wenn sie bloß den Kopf gedreht hätte, geblinzelt, das Gewicht vom einen Bein aufs andere verlagert, aber sie tut es nicht. Ihr Seidenkleid klebt an ihrem Körper, der Wind kräuselt die Wimpern. Alles andere ist still, so lange, dass ich später vergessen werde, wie wir hierher gekommen sind, warum wir hier sind.

Nur der Wind bewegt sie. Dann ist sie weg.
Da, .

Während ich das schreibe, denke ich, dass es zwei Versionen von mir gibt und nur eine es herausgeschafft hat, zuerst raus aus der Brauerei, danach raus aus der Stadt, raus aus dem Land, und zurück nach Norwegen. Die andere ist immer noch hier, zusammen mit den anderen Gespenstern im Haus, eingeschlossen, während der Sturm und das Meer draußen an den Wänden rütteln.

Ich beuge mich über das weiße Blatt und ziehe sie heraus, sie, die immer noch in der Brauerei festsitzt, und hebe sie vom Grund auf:
Die Arme,
die aufgedunsenen Finger,
den gebrochenen Schädel,
die mit Milch gefüllten Lungen.
Ihr Gesicht ist weiß, bedeckt mit Kalkstein, Algenskeletten, Bierschaum und Wellenkämmen.

Ich streiche ihr über den Kopf, glatt und kahl und strahlend:
Eine glänzende Türklinke, die keine Tür finden kann.

Jenny Hval, geboren 1980 in Oslo, hat Kreatives Schreiben und Performance in Melbourne, Australien studiert. 2006 ist ihre erste EP *Cigars* erschienen. Seither hat sie fast ein Dutzend Platten aufgenommen, die mit allen wichtigen nordischen Musikpreisen ausgezeichnet wurden. *Perlenbrauerei* ist ihr erster Roman, der von der norwegischen und englischsprachigen Presse gleichermaßen gefeiert wurde.

Rahel Schöppenthau, geboren 1989 in Berlin, studierte Skandinavistik an der Humboldt-Universität. Sie arbeitet als Schauspielerin und realisiert eigene Kunstprojekte.

Anna Schiemangk, geboren 1992 in Berlin, studierte Skandinavistik und Nordeuropastudien in Berlin, wo sie heute als Texterin arbeitet.

Der Verlag dankt

für die Förderung der Übersetzung.

Erste Auflage Berlin 2022

März Verlag GmbH
Göhrener Straße 7, 10437 Berlin
info@maerzverlag.de

Einbandgestaltung: Barbara Kalender, Berlin
Motiv Vorderseite: © Zia Anger, Hudson/NY
Motiv Rückseite: © Jenny Berger Myhre
Satz: Monika Grucza-Nápoles, Berlin
Lektorat: Clara Sondermann, Lüneburg
Druck und Bindung: Pustet, Regensburg
ISBN 978-3-7550-0003-7
www.maerzverlag.de